大象在球上走

STORYTELLER 策劃○編著

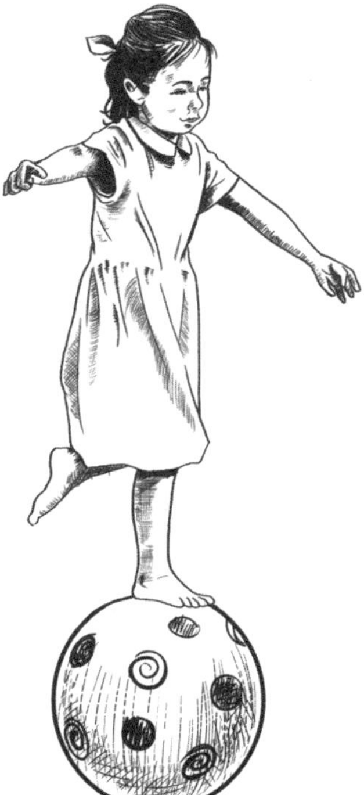

序

我們都有超能力

女孩幻想自己是馬戲團裡的大象，能踩在球上前進不會掉下來。她扶著牆努力練習了很久，小心翼翼地踩在球上向前走，她想像自己像大象那樣厲害可以表演了。

過了一會兒，她決定嘗試放開手離開牆身在空地上踩著球向前走。但她掉下來了，跌斷了手。結果，小學四年級整個學期她的左手都打著石膏。雖然結局慘烈，但小時候的我們就是會有勇氣去嘗試很多我們想像出來的事。

兩年多前，兩個踏入三十歲的女生決定在同一天辭掉工作去做自己喜歡的事。在小小的客廳裡，我們坐在地上討論工作，她說起「Storyteller」這字，我說這名字好極了，不能讓給客戶的企劃用，有天我們一定用得著。

後來，因為「Storyteller」這字，我們一起想像了自己將會做喜歡的事、怎樣說故事、說甚麼故事……

現實當然與想像中不同。辭職後，我們各自面對著人生中很多重要的難關，捲入不同的想像。短短兩年，我們的淚水絕對比那跌斷手的女孩多很多。雖然未如想像般順利，但我非常感謝這位當初的編輯拍檔，那天讓我有勇氣遞辭職信的女生——陳筠而。

這書是我和筠而，也是 Storyteller 的一個想像企劃記錄，連結另外二十三位創作人，一起呈現這座城市裡二十位「未來人」說的故事。他們想像未來，此刻過著他們構想中的未來生活。「想像」和「未來」是此企劃的主題。通過此書，我們希望大家除了讀到幾位本地作家尋訪的二十個為自己想要的未來打拚的人的故事，也能欣賞到二十位本地插畫師創作的想像世界。

幾年前，參加一個插畫班，在那裡我遇上很多有才華、從小喜愛畫畫的人。只是，他們不敢想像自己以畫畫為生，很難想像這城市容得下全職插畫師這職業，所以他們很多人日間做著跟創作完全無關的工作。還記得那時候，大家下班後已經七、八點，還要衝去課室，再上課至十一時，幾乎討論到午夜都不肯走，每天放工後畫畫至凌晨，只因那純粹的熱情。一直很想有機會能讓更多人看到這些風格獨特的插畫師。畫能呈現文字的想像，文字也能讓畫更能連結觀眾。我們一直做著這件事。

「想像」是 Storyteller 想大家多做的事。想像力是人類獨有的超能力，我們利用想像可以在腦袋裡跳進不同的時空，去感受別人的悲傷或快樂。不一定是專業的作家或畫家才能以創作啟發想像，我們每一個人都可以是 Storyteller——說故事的人。

關於 Storyteller，其實我們對它的想像也一直在變。當初為何對這名字深深著迷，其實一點也不清楚，一直做著才慢慢尋找說故事的意義。由當初一個 Facebook 專頁開始，到嘗試以不同的形式表達，網上的睡前故事、呈現故事的實體展覽，甚至透過聲音說故事。「Storyteller 說故事」是一個鼓勵大眾創作和想像的平台，是一個創作工作室，也是一種精神。

我是那曾經想像自己是大象的傻瓜。雖然想像的過程中，我們可能跌得傷痕累累。但勇於想像，我們才能創作屬於自己的故事。每個故事，無所避免地連繫在一起，都是我們的故事。來，聽我們說「你」的未來故事！讓我們繼續如小孩般有勇氣跌入想像的世界。

想像未來是甚麼？花了一年多的時間，最後我們找到答案。讀畢此書，希望你也將會有最終的發現。

李凱儀（慢靈魂）

目錄

向前走 —— MOVING FORWARD

放開手 —— LETTING GO

STEPPING

踩皮球

每個人都藏著無限創意和想法，
別去管誰是先鋒誰是來者，
只要你肯站上去，
才能知道穩不穩。

ON

我的將來依然精彩

李慕貞

story 1

李慕貞形容自己是「無柄士巴拿」。

六十年代歇後語，應該快要失傳了吧：「意思是得棚牙！」她嘻嘻哈哈的，旁人未必聽得懂，但總會被那笑聲感染，跟著大笑起來。「即是死淨把口」，她說。

八十有四，一張嘴，能吃能喝已幾生修道，她的那張，還能教。她教老人中文——反正都文盲一輩子了，半隻腳踏進了棺材，還認字來幹麼？問題是，你還相不相信自己有未來。要看得見前方，我們需要一盞燈。

李慕貞慶幸可當點燈人。

「婆仔們只能集中精神十五分鐘，要她們坐定定聽課，得靠故事、笑話、謎語。」李慕貞貨源充足。很久很久以前，上海一條小巷弄的盡頭有家迷你戲院，不設洗手間，觀眾人有三急，就在門口撒尿，弄得臭氣薰天。戲院負責人唯有出告示，「路不通行不得在此小便。」告示漏掉了逗號。有人惡作劇來補上幾筆——「路不通，行不得，在此小便。」像看老夫子漫畫，人人笑到見牙唔見眼。笑料輕易成為課堂的燃料。李慕貞說，別小看文字的威力。對於老人來說，識字可能比識人重要。

她又開始說故事。

有個婆婆叫賴玉琼，連自己名字都不會寫。李慕貞把每個字拆件，寫在大方格內，一個一個地教。三星期後，賴婆婆終於寫出自己的大名，她雀躍得如中六合彩。「我以後飲喜酒終於可以簽名了！」微小，卻意義非凡。

她用文字做工具，為別人找到了自我價值。

李慕貞愛給老人度身訂造課程。愛周圍去打麻雀的，就教她們辨認地鐵站名稱；愛品嚐一盅幾味的，就教讀點心紙；常常幫襯醫生的，就教外科、內科、眼科、老人科……「最厲害有個九十一歲做小販的婆婆，要我教她開支票，看紅簿仔，說唔想個仔管她的錢，好精靈！」

李慕貞說，老人家，一件小事就會憋在心裡不舒服。而很多不舒服，都由溝通引起。所以，李慕貞教中文，也教溝通。

有個婆婆年輕時「做妹仔」，辛辛苦苦捱大仔女，兒子是專業人士，久不久會致電問候住在公屋的媽媽。婆婆縱有千言萬語，卻總是匆匆掛線，怕耽誤兒子時間。「你聽得明我講甚麼，我又聽得明你講甚麼，這就是溝通啦！唔使驚，溝通一點不難！」李慕貞這樣教婆婆。

幾天後，婆婆樂滋滋地來報喜。「我今次無趕住收線，仲鼓起勇氣同仔講，『我學緊寫便條，我唔識，你可以教我寫嗎？』」那次以後，兒子每次致電老媽，都問她有沒有功課不懂，母子倆的天線忽然接通了。婆婆安樂了，掃走了自卑感和孤獨感，找回存在的價值。

不管多老，還是有生存下去的理由。

李慕貞曾經目睹一個街坊婆婆跳樓自殺。老人厭世——媒體通常會這樣子概括死因。李慕貞嘀咕，生老病死本是天意，何必急著要把餘下的草草跑完？難道日子真的毫無價值？這就是她當長者義工教學的源頭。

沒到進棺材的那天都有將來

誰說老人沒將來？李慕貞骨子裡就不認命。她記得小時候，爸爸任她們自己改名，她叫自己做「李反抗」。「日本仔好衰，你們未見過。」那是女子「無才便是德」的年代。她卻愛唸書，後來還當上了老師。

老土卻真實，知識改變命運。她甚至當上公開大學最年長的學生，修讀語言表達技巧、自強不息、與青少年溝通等課程。同學都讚她，比梁振英更會說話。「最初其實是因為中風，怕腦袋無用了，就去進修一下。」

醫生笑她有「幾萬（慢）傍身」。高血壓、糖尿病、全身骨質退化、腕管綜合症、雙膝和腰骨都歪了，幾年間跌倒六次，兩次要進醫院。一般長者有的慢性病，她都不缺。但靈魂沒被囚禁在衰老的軀殼中。「老人都可以有螺絲釘的貢獻，如果社會無螺絲釘，也就不穩陣了啊！」自信從書卷而來，但沒讀過書呢？

「好多公公婆婆好厲害，一眨眼就蒸出一底蘿蔔糕！有的會用利是封做手工、有的擅長織冷衫，每個人都有長處，每個人都可以有貢獻，使咩諗去死？」香港政府預期未來人口將持續老化。二〇六四年六十五歲及以上長者的比例推算將達36%。預計年齡中位數也將由二〇一四年的四十三點七歲上升二〇三四年的五十歲。

老人可能是香港未來的棟樑。

「一定要提高自己的質素，不要以為老了，站不穩，就甚麼都做不到。」李慕貞的雙腿愈來愈差，她就留在家裡做義工，每月打三十個電話，問候其他獨居老人。「我不想將學識帶入棺材，用得的就用，反正我『死淨把口』，用來關心人，也好。」

不一樣的老人，或可帶來不一樣的未來。

文●陳琴詩

幾百年後是一個結合科學、生物、電子、太空、金融和機械人的世界。人們利用科技製造女性子宮，培植嬰兒，他們無完整血統、無親情、無感情、無愛心，是半肉體半電腦的「人」。病了，只需「入廠維修」甚或「更換零件」就可以。

「人」的壽命愈來愈長，死亡率低，但生產率高。人太多，地球不夠住，資源都被榨乾了。「人」想遷移到別的星球，對地球肆意破壞，火山爆發、冰山融雪、水淹大地，最後，「人」都消失在汪洋大海中。

上帝憤怒了，祂揀選一群善良又勤勞的智者留下，給他們優質的家禽和種子。然後，水退了，留下來的人所乘的「幸運號」停在安全島上，展開另一個新世界。

story 2

從現在看見老

岑啟灝

二〇六八年，岑啟灝（Matthew）八十歲，腦袋還是精靈，雙腳卻有點不聽使喚。為安全起見，又不想麻煩家人，他決定遷居到附近社區的長者住宅，鄰居全是公公婆婆，護理員全天候支援照顧，卻不失自主自由——不過是搬到另一個「家」而已。

他喜歡這個家，跟隔壁那位輪椅伯伯最老友，經常聯袂上街飲茶逛超市，有時甚至一起進電影院呢！不過他們最喜歡的「節目」，是每天下午三時許，到社區的懷舊士多「打躉」。

小士多是長者住宅的一部份，營業時間剛好是附近學校的放學時間。小孩一窩蜂湧進店裡，嚷著要買糖果、圖書、玩具，公公婆婆輪流負責招呼、收銀等工作，更多的只是坐在店內跟小孩有一句沒一句地搭訕，像看見孫兒一樣，快樂無比。

「如果發展順利，我老了的香港，應該如此。」

為了這可見的將來，Matthew 今天開始要「fight for」全新的護老概念。從他三十歲開始。他用「fight for」，因為今天的香港，烏雲密布，迎面而來的確是一場硬仗。

他本非一無所有，操流利日語，在日資企業工作，年年加薪，福利優厚，卻在偶然的社區義工活動中，發現了自己潛藏的「不安份」，「原來幾年下來，返工放工，我跟自己的社區完全脫鈎了。」然後，香港迎來了一場「暴雨」，遍地黃雨傘，像呼嘯而來的召喚，「我究竟可以為這城市做些甚麼？」

「既懂日文，何不考慮去日本讀介護？日本這幾十年發展得很好，老人院跟香港的完全不同，值得我們借鏡。」大學老師一個建議，為 Matthew 插上標桿。

反正他有種不屬於這年紀的特質，特別喜歡跟老人談天。

日本婆婆的啟蒙之旅

第一個落腳地，長野縣東部的上田市。

大雪紛飛的下午，Matthew 放學回家，在離家不遠處的行人道上，看見一個正彎著腰清理積雪的婆婆。他上前幫忙，邊談邊做。半小時過去，他有點筋疲力盡了，忍不住說：「鏟雪原來好辛苦，而且你努力清，雪卻一直下……」婆婆笑著答腔：「積雪一直在，人就過不了，特別是那些視障人士，找不到地下的路怎辦？」

智慧的話語震憾了青澀的心靈，自此，一老一嫩成為摯友。留學日本的日子，他每隔一陣子，就收到清水澄子的手繪來信。

走進日本的護老世界，Matthew 大開眼界。人性化的長者住宅，固然顯得我們的老人院多麼落後與倒胃口，家居護老的制度，更加讓香港人口水直流。

他特別欣賞那個以點數運作的護老服務。簡單來說，以老人服務老人，會員制，每個人都可以同時是服務使用者及提供者，舉例說，老人精神好一點，可到別家老人處幫忙剪草，「賺來」兩個點數，留待日後有病痛時，換取別人的幫助。

「他們全國有二萬個會員，逾一百個據點，而且服務林林總總，有代客掃墓、陪傾偈、代筆寫信、打掃庭園等。」就是把老人家當作人看待就是了，不是一個只需要餵食、沖涼、如廁的「生鏽機械人」。

「我也替清水婆婆參加了這計劃。」Matthew 說。

認識久了，他才知道她多才多藝，藝術、音樂都有一手，卻因為現實生活被困斗室之中。丈夫是大男人，獨子是宅男……「不知她獨自面對孤獨多久了，對清水婆婆來說，我是一個讓她吐心事的樹洞。我想鼓勵她做自己喜歡的事，很多老人其實都是寶。」

離開日本前，他送她六萬字的畢業論文作告別禮，還讓她看他畢業的致詞片段。他在台上宣告，他是為了香港「雨傘運動」那無力感而來的，他是香港人，他要來這裡找尋力量，回去為這地方做一點事。

回應原生家庭的需求

香港是他的家，他很愛自己的社區。

他在大埔長大，獨子，爸爸是裝修工人，媽媽是家庭主婦。「我們也算是弱勢社群。」他的媽媽患有小兒麻痺症，行路一拐一拐。

從小在嘲笑聲中度過，志願當醫生，醫好媽媽。媽媽自我形象低，常勸告兒子要逆來順受，「是媽不好，不能怪別人。」她甚至叮囑兒子，將來找到情投意合的女孩子，一定要先把實情告之，免得對方介意。「你知道，我是不會突然消失的……」

「你知道作為兒子的，聽到媽媽這句話有多痛嗎？」Matthew 問。也真的有那麼一次，他失戀了，抱著媽媽大哭，媽媽忍不住問兒子：「是我連累了你嗎？」他搖頭安慰媽媽：「是因為你帶我來這世界，我才可以經歷這麼多好與不好，亦因為你，讓我看見其他人看不到的東西。」

他自覺擁有比平常人更細膩的同理心，而栽種這特質的土壤，正是家庭。

29 從現在看見老

文●陳琴詩

爸爸今年七十歲，媽媽都六十五了。離家的那三年，他發現父母頂上的白髮多了，刻印在臉上的皺紋，出了一條又一條。爸爸因工受傷的腿愈來愈弱，媽媽的狀態也每況愈下了。他很想現在做的，最終爸媽都可以受惠。

「我要找尋出路，否則別說香港，我連自己的家都守護不了。」Matthew 如是說。

二〇一八年九月，Matthew 成立了「鐵樹銀花」社企，將日本「以人為本」的護老理念引來香港，為不同機構作護理培訓，尤其是改變當今的護老意識。「剛起步，感激有心改革的機構一起推動。其實香港人都在認真地為更好的未來打拚，只是我們的社會有很多限制，但每人在自己的範疇裡做可以做的，有需要時為同一目標爭取，這是我們的希望。」

未來的社區沒有牆壁，小朋友、青年人、中女中坑、老友記都可以在社區裡自在地過著自己喜歡的人生。沒有人再因為疾病或殘障而要隔絕於社區，即使坐輪椅者都可以到樓下茶餐廳嘆奶茶食菠蘿油。

社區包羅萬有，不同專業的人士都在合力打造無障礙的生活環境，譬如說營養師會為茶餐廳研究適合老友記吃的下午茶餐，社區裡的衣食住行，能滿足不同的人士需要，街坊鄰里，彼此包容，和平共存。那是一個充滿選擇和可能性的世界。

士多

story 3

如果世界再沒有垃圾

日青

「如果可以，不能回收的物料不要再進口香港，像假皮手袋，不得再來。」

日青訴說故事的秋天，正是「任何仁」（註）鬧得熱哄哄之時。所以想到別人總在自己頭上加上「環保先鋒」的光環，她說，「任何仁」這個概念好重要。「廢物回收的背後沒有那麼多專業和特別技術，垃圾就是日常用品，人人都用，人人都丟。」這個光環好大，以致有人發現垃圾問題會在 Facebook「標籤」她，問她怎樣解決甚至要她解決。「為甚麼我被認定是 KOL（Key Opinion Leader）？為甚麼所有事情只會找我去做？」

父親臨終前，她問他：「投胎的話，你想去未來，還是回到從前？」父親說：「未來沒甚麼好事，對從前也沒甚麼好奇。今生無憾了。」

「父親知道情況只會愈來愈差，不管是環境、經濟或住屋。」地球在逐漸毀滅，誰不知道？日青做再多，大概也改變不了這未來，但她說，在自己的範圍內做過了，感覺安樂便好。「如果你知道一切後果，仍然做今天的選擇，那就隨你吧。」

一切有辦法，只在乎你做不做

十年前，日青看了美國前副總統戈爾的紀錄片《絕望真相》，十分震撼。戈爾說，我們人類有所有解決辦法，只在乎你做不做。日青當頭棒喝。片中，戈爾給了一個很有趣的行動建議——凡事減20%。

日青當時在一間小小的時裝公司工作。午飯時間，當老闆和同事們都外出吃午飯，她便偷偷關掉門前的射燈。由中午十二點半關到一時許，在老闆回來前急急再打開。一個月後，竟發現電費由千三元減至九百多元。在那甚麼都未懂，甚麼都新鮮的時候，這便如爭取了階段性勝利，「感覺好正！」她又發現飲水機的熱水掣可以關掉，放工前便把它關了，直至早上上班再開。電費又減了！

其實自她小學時，媽媽已是環保組織綠色力量創辦人之一周兆祥的粉絲，每次聽完周的講座回來便把知識轉告她，或多或少埋下她的環保意識。她跟同學說：「膠袋不可以燒的，會有毒氣！」但同學都取笑她：「如果有毒氣，我們一早死掉啦！」到她十年前開始為環保做事，這議題不再被取笑，卻仍然是未被香港人好好關心的領域。

實踐了資源減縮20%，她開始做更多，嘗試以水果皮廚餘製作環保酵素，當作清潔用品，初時社會未接受，聽落十分怪異。而當她愈做，愈發現原來很多環保新點子，根本就是以前的生活智慧。「環保酵素並不是新鮮事。以前的人會把柚子、桔或者檸檬發酵，倒進魚塘淨化水質。」她把自己的再發現和實驗放在網誌，網誌叫「明日之後」，稱自己為「環保女巫（Ecowitch）」。「我對從前很感興趣。」到底沒有塑膠和電，人們是怎樣生活的？「原來有很多東西都斷層了，在我們這一代失傳。」叫自己做女巫，因為很多古老方法在現今看來都似是旁門左道。

後來，在「雨傘運動」期間，她聽到香港嶺南大學文化研究系副教授許寶強解說「Revolution」（革命）這個字。原來這字本身解作「星體公轉」——一個星體繞著另一星體運轉。起點到終點，正是同一點，借喻革命——每當一個社會走到甚麼錯、混亂的地步，人們便想起從前，想回到過去，重頭再來，但重來不是完全的倒帶，「我們已經歷了很多錯誤，也學習了很多新技術，即使你回到村落生活，也不會用以前的方法養雞。我們不能夠真的回到過去，倒是怎樣結合前人和今天的智慧。」

我不能教育別人，要他們自己教育自己

經營自己的網誌，日青是抱著「一個女人仔做吓嘢」的心態。她好想告訴大家，是啊，就是一個女人仔做的事，人人都可以呢。後來，她創辦了「Oh yes it's free」的 Facebook 群組，以此作分享平台，目前有接近四萬個成員。你有雪櫃不要嗎？他可能需要。有人想要抽濕機呀衣櫃呀甚麼的，其他人都會一呼百應，沒人出讓便一起去找。「以往，這類工夫都要依賴NGO，手續繁複且工作量大，總覺得自己沒有方法實行。」後來這分享平台更漸漸發展成一個「快閃禮物墟」，把大家不要的資源拿到社區中，人人來尋寶。

一次，一個在將軍澳居住的媽媽在群組說，自己有五個紅白藍袋的東西，但帶著孩子不方便到場，很多將軍澳的居民紛紛提議幫忙，先在將軍澳區分散物資。「那是第一次不需要我在場的情況下，辦了這個『快閃禮物墟』。」

她深深明白，群眾力量很重要，大家一起出意見總比自己一個人控制「環保」的定義或方式好。而且她根本不可能去教育別人，所有人只能自己教育自己。「媽媽帶孩子逛玩具店，卻不會當下便給他們買看中的玩具。第二天去垃圾站，果然拾到個一模一樣的。又有人和丈夫爭吵冷戰，便揸車去遊車河，結果遊到一個垃圾站找到好多文具、玩具。」日青的說話再多，其實不及一種感官帶來的領悟。「當他們看見小小的垃圾桶旁，有著比天高的傢俬廢物，又或是

嗅到食物殘留在玩具和文具上的臭味，那種對比、那種震撼，是 self-learn 的開始。」教育不止一條路，可以是體驗式的，可以是發掘式的，到最後，始終是一場自我啟蒙。

把回收垃圾看成一場集體遊戲

二〇一六年，眼見政府仍然沒有好好改進垃圾站以至回收渠道，她便和幾個朋友開始一個叫「不是垃圾站」的街站，以作示範。在元朗的公園，她們幾個街坊互相照顧，將回收品分類，塑膠的一籃；電子廢物的一籃；鋁罐的一籃，然後一起夾錢租車，載去信得過的回收商，若貨車尚有位，再將其他街坊的回收品收集來一起運送。「本來大可以靜靜地做，但我們想令街坊知道，如果政府外判商要欺騙，不等同完全失去辦法。」

街坊問：「為甚麼你們不成立 NGO 申請資金？」日青總是有點氣憤，「我們不是想自己經營，更不想做這個元朗站。我最想的是，不用再由我自己來。」也一定有街坊問：「你會把東西送去甚麼地方回收？」日青又沒好氣，「其實我送去財記或是東記或是好記，對你來說沒分別。直至一天，你願意親身了解，走一趟財記，這場『回收教育』才完成。」她不是義工，最希望街站消失！

她走到元朗一個垃圾站前，「為甚麼二百年來垃圾站都只得一層？想想各區的警局有多少層？你說，垃圾多還是罪案多？」笑了笑，「雖然沒甚麼根據，但街市呀體育館呀在二百年前也不是這個樣子。」她未來的計劃是想政府改革垃圾站——不再有垃圾站，而是資源共享中心。多層的，像現在的街市和熟食中心，有些維修店舖，有些回收店舖。「香港做得最出色的是物流管理。我們人口密集，能結集大量『垃圾』，回收其實不難做。」

但她知道要「make it happen」好難。如果不靠政府呢？

男友最近在玩一個「組隊大逃亡」的電子遊戲，在求生過程中撿拾資源、避彈衣、地圖，亦要互相溝通、掩護、分擔風險。日青得到靈感，環保不正是一場為自己而戰的仗？「不是垃圾站」的原意正是想鄰居自己組隊，且自己叫車把「垃圾」送去回收公司，只是後來街坊太依賴搞手，令分工不平衡，並肩作戰的感覺開始走樣。「我在構思設計一個回收組隊 app，街坊可從中連結彼此，從而自組團隊收集『垃圾』。當中會設定一些規則，如他們必須親自到回收廠打卡、每人的負責範圍要定時替換，這樣才可明白不同崗位的重要性。」

鄰舍學懂互相照顧，是她的願景。

日青在二〇一八年開始少量種植，低度地吃著自己親手種出來的菜。不是常常成功種出果，種不到便吃鄰居種的，也慶幸自己住的地方用太陽能、喝的是井水而不是東江水。這種「脫網生活」，可以自己照顧自己，自己給予自己所需的，是她一直所嚮往的，也覺得是我們必須認識的課題。「環境如此嚴重地惡化下去，未來，或許大家都要懂得脫網。」脫離金融、醫療、食物網底下的霸權，思考怎樣的生活才最適合自己，也不過份倚仗別人餵給我們的。

聯合國跨政府氣候變化專門委員會於二〇一八年發表了一份報告，自工業革命以來，地球升溫攝氏一度，若我們再不改變，最快會在二〇三〇年突破一點五度。換句話說，我們只有十二年時間去救地球。

「未來看似糟糕，但回想工業革命前，不一樣有其他問題？言論自由、女性地位……」波士頓馬拉松一開始只接受男子參加，一位德國女子 Kathrine Switzer 以另一署名報名，成為首位完成波士頓馬拉松的女子，此事發生五年後，馬拉松正式接受女子報名。五年，很短，也很長。日青大學時看過一個化妝師接受電視台訪問，說自己在這行業努力了五年。她那時曾想，原來一件事至少做五年，便可以到達純熟的地步，值得被訪問。結果，在「偶遇」環保這議題後，她一做便十年。

但若然給她選擇，仍然會想回到過去。「要懂得 go back，才能 go forward。」

註：「任何仁」是香港消防處於二〇一八年推出的一個身穿全包藍色緊身衣的虛擬角色，是為吉祥物及代言人，向公眾推廣「只要敢，就救到人」的信息。諧音「任何人」意指「任何人都能做到」。

文●陳筠而

「你前世是一個很美麗的芭比，出生於一個有錢家庭，主人本來很喜歡你，每晚都抱著你睡，還給你買來很多朋友，甚至一個伴侶。你和這位主人的緣份很深，陪伴了她五年有多，可惜她認識了更多玩意，便把你放在一旁，從此沒再抱起你。那是令你不能釋懷的事，而你把這份傷心帶來了今世，所以常常有一種很強烈會被遺棄的感覺……」

她一聽心裡發麻。一種被遺棄的感覺，是啊。即使她今世成為了另一個很美麗的芭比，即使她今世又有了另一個很好的主人，卻仍然有一份很強大的不安全感。「放不下的，始終會再遇上。你念念不忘那段感情，於是今世又再回到這個家庭去了。但這次，主人是你上一世主人的女兒……你現在和她的感情應該是很好的，對嗎？」

「但我會再次被遺棄嗎？」通靈師沉默。「不會了。你會再次經歷別離，但你今世的主人和她媽媽不同，不會將你看成『沒用的東西』甚至垃圾般捨棄你。你會和她有一次最圓滿的別離。」

「別離可有圓滿的？」「她不是因為你沒用而不要你，只是明白了自己需要甚麼所以將你帶去更美好的地方。即使你的肉身不再，她仍然記得了你的好。到了那天，你和她也自會知道這次的『死別』，其實是為了明白甚麼是放下呢。」

Wayne & Brian

還給我們最基本的生活空間

story 4

那天是母親節。少雅抱著兩個孩子，和媽媽、老公在等待。

劏房很小，一百呎，五口子逼在一張碌架床上。老公和雜物佔據上格，少雅和媽媽與兩個孩子則睡在下格。橫著睡雖夠闊，但腳可伸不直。床尾旁邊是廁所，對面是廚房鋅盆。Wayne後來說，「這裡算好，鋅盆在廁所外，廁所有門。」很多住劏房的，都得在廁所裡洗菜。

Wayne和幾個義工來到這個家。一入門那條走廊，窄得每次只能容許一個人通過，肥一點的都走不過。他們這次的目的，也是大部份劏房戶所需要的：換傢俬、改裝環境，騰出更多空間來活動。但當然，可以做的不算多。Wayne和義工把碌架床拆掉，換成一張子母碌架床。多一張床，讓少雅可以伸直腳睡覺；也改裝了鋅盆旁的桌子以便在桌下安放雪櫃，旁邊也加上幾個小架子，安放好雜物。但每每到最後環節才是難題。

「仲有啲咩可以揼呀？我地幫你揼埋佢啦！」

「我地自己嚟得喇！」少雅的老公說。

「幫你啦，你自己一定唔執嘅。ＢＢ學行車唔好要啦！一歲唔會坐㗎喇！」

「我想留嗝。」

「留嚟做乜鬼吖!?送畀朋友啦！」Wayne 也沒好氣了，訓話式語氣總會緩和氣氛。他早有經驗，知道住劏房的街坊很喜歡收集東西。三個電飯煲，四個熱水壺，五、六把風扇，已是見慣不怪。「萬一哪個街坊有需要！」「萬一用開的飯煲壞了！」很多萬一，很多以備不時之需。在遊說街坊「揼嘢」的同時，Wayne 亦漸漸成了斷捨離專家。

過去兩年，Wayne 和 Brian 專為劏房戶改裝空間，並總是陪他們一起清理垃圾，讓他們知道如何擴闊空間，「我們不是幫街坊，我們是真心喜歡做這件事。」他們常跟義工說，不要同情。街坊不需要被同情。

小時候，Brian 常跟著爸爸去地盤。爸爸是測量師，跟著他，紅磡、堅尼地城、將軍澳等地盤都去過。其實最主要是去餵狗和玩狗，但當看見一片平地上建出一幢樓，總覺得神奇。後來當上建築師，設計空間，愈來愈關心人的居住環境。

幾年前，Brian 和好友 Wayne 參加一個展覽，以關注香港基層居住環境為題。展廳中，他們以高架床塑造出一個狹小的展覽空間，隱喻床對基層來說，差不多已代表著生活空間的一切。

劏房裡，床就是一家大小最主要的活動空間。孩子們在床上讀書、溫習、打遊戲機、畫畫，吃飯時也坐在床上吃。「我不喜歡這個家。」不止一次，孩子表達出最真誠的厭惡。看著孩子蜷曲著身體，或大多時間躺著，不能不痛心。

「床」的展覽過後，Wayne 和 Brian 彷彿受到甚麼感召。既然等不到政府來改善，何不自己做起？「對社會的改造，不一定由上而下。做得設計師，總有理想化的追求。」兩人組成義工團，逐家逐戶去改裝劏房。幾年下來，探訪過無數個劏房戶，觸動之處總離不開一張床。

不是每家每戶都希望給人改裝，有些家庭忙著生計，父母下班便煮飯湊仔，哪來閒情讓義工進駐改造環境？「劏房的問題不只是窄，而是讓人失去對自己的想像。他們很多時都沒有動力。」孩子的不快樂，多少是因為沒有自由。Brian 好想還給這些家庭和小孩一個家，更想讓他們知道，有形的牆縱拆不掉，但在有限的範圍下想想更多可能性，拆掉心中的牆，是踏向更美好未來的第一步。

說實在，改裝工程不大，不過是換張床或在家中找個位置給孩子做功課，或者把櫃疊高騰出地面空間，又或放一張枱，讓一家人可以圍著吃飯。但每當聽到有孩子因為家中環境改善，而邀請同學來家一起玩，Wayne 和 Brian 也就開心了。「我想他們知道，即使現在有限制，未來可以是無限的。」昨天沒有桌子嗎？動動腦筋，其實是可以有的。

兩人說，他們一直在做的是「spacial therapy」空間治療，「住屋空間建構人格和關係。如果裡面充滿了壓抑和負面情緒，如何想像自己可以過更好的生活？」

與他們合作的社區組織租了個地舖，打算設立一個劏房支援中心，Wayne 和 Brian 便請纓為中心作設計。他們希望支援中心能同時成為一個維修服務或空間改造諮詢中心。裡面會有工具、有設計師，也會舉辦一些簡單的家居維修工作坊。他們希望這是一個永久的「街站」，是一個公共空間，甚至是聯誼地方。「如果街坊只倚靠我們，好快又會打回原形。一直以來，我們都是以陪伴和鼓勵，輕輕推他們一把，讓他們知道原來生活可以有所不同，讓他們知道自己也有能力去改善生活。」

無人相信劏房會在不久的將來於香港消失。Wayne 和 Brian 笑了笑，他們根本不想為劏房改裝，如果人人都有安樂且開闊的家，又何須他們這種義工服務？「給人一個安好的家，也是給他一份尊嚴。」

文●陳筠而

我們的城市不再有牆，也不會再有基層、中產家庭這樣的分類和標籤。一直以來，我們把界線劃得太清，想像如果整個世界是一個 global village，每個 villager 可以自由快樂地生活，多好。

——Brian

或許反樸歸真，人人以天地為家，隨便擇地而居，喜歡海便找處海邊築起小屋，喜歡田園便開墾農地建間陋舍，喜歡熱鬧便聚在一起修建村落，感覺也不錯！

——Wayne

story 5

李學進

香港農夫的生存之道

李學進（Peter）的偶像是林書豪，「我鍾意打逆境戰的人。」所以他喜歡自己。

中三都未學懂「He is a boy」的直率男孩，誤打誤撞被送到美國唸大學，因為迷上農業學系的溫室森林，一頭栽進這陌生的領域，只是沒料到，滿腔熱誠很快就被千奇百怪的花草樹木打倒。「第一件事是要熟讀 Plant ID，我英文名都未識，還要背誦拉丁名，簡直是一場糊塗，好想放棄……」

烏雲蓋頂的日子，他「催眠」自己，只要捱得過，他一定是全班最出色的一個，他會創業，而且肯定會做得好好好好，只是現在的形勢有點不利而已……

你說阿Q也好，正向思維也好，這是他的生存之道。

作為布行太子爺，他一直視爸爸為偶像。為了養活一家幾口，當年還是打工仔的爸爸，每晚收工就跑到其他布行收集布頭布尾轉售圖利，行家嗤之以鼻，他卻聚沙成塔賺來自己一間舖。Peter 從小就知道，流言蜚語傷不了人，自己知自己事就好。

他有兩個哥哥，都是專業人士，哥哥會考八 A，他卻拿單位分數畢業，但他從不懷疑自己的價值。他只要決心做某件事，一定會做得比別人好，彈琴如是，打球如是，跳舞如是，創業也應該如是。「我到美國讀大學時才開始跳 Breakdance，跳了一年多，技術已超越很多習舞多年的同伴，這不是因為我特別聰明，而是我不怕跌不怕撞不怕傷，只要我喜歡，多艱難我都會去衝。」

大學考試，他試了一次又一次，結果考第三次才過關。三年過去，農業學位終到手。

畢業後好一陣子，他留在美國，當過樹藝師和殺蟲藥 sales，挨家挨戶拍門，捱罵兼吃閉門羹是少事，被人家報警放狗都嘗過了。隊友一個一個地「劈炮」，他捱了兩個月，成功找到四十個客，知道距離銷售目標仍然很遠才決定離開。「美國始終不是自己的地方，但我堅信，那刻的失敗，將要為我的成功鋪路。」

他猜得沒錯。

回香港當農夫建溫室種番茄，他目睹有行家種到賣不出，原本紅彤彤的番茄很快就乾掉了，他就一鼓作氣去跑街市找客源，粉嶺、大埔、沙田、樂富、九龍城……人家拒絕，他就天天去請人吃番茄，還跟附近的農戶合作，替人開車送貨，順道請人搭單推銷自己的番茄，結果很快就建構了自己的銷售網絡。

他只是沒想到，最大的阻力，來自政府和地主。「在香港，要有錢先可以做農民。」香港農地買少見少，地主見農戶做得不錯，一般就會瘋狂加租。「我見過有農民被逼遷時忍痛親手砍掉自己的果樹。」他那一萬三千尺種植面積，本來月租六千，地主見他的勢頭不錯，想加租三倍，他「拗到出牙血」才暫時頂得住。但今年唔加，明年呢？

然後香港漁農自然護理署（漁護署）的農業主任來個「溫馨提示」，說香港的溫室只能限制在四點五米以下（外國都起至六、七米高，台灣甚至內地的溫室更高逾十米！）而且還要入圖則申請，批核要等一年。「哪個農民可以納一年空租等批核？」對方安慰說，你起啦，地政署那邊應該會「隻眼開隻眼閉」……「但建一個像樣的溫室棚最少要三十萬，哪有投資者願意承擔這樣的風險？」

又譬如進口熊蜂，歐美甚至日本、韓國、內地的農夫，都早引用熊蜂來協助溫室番茄授粉，慳水慳力之餘，種出來的蕃茄也特別美。他致電漁護署，對方一口 say no，原因是前無古人，多一事不如少一事。他於是天天打電話，同一番說話講完又講，對方終願意幫忙查問害蟲組的同事，再拿熊蜂給他們化驗，結果香港農戶才終有熊蜂可用。

修正他的說法，在香港做農夫，有錢之餘，還得有無比毅力，特別是當你想帶來一點改變的時候。

小農夫也可大搞作

「我用了五年時間跌跌撞撞，經驗都是時間和金錢換回來的，不想其他人都像我一樣，我很想幫其他農戶。」於是他開始當別人的「盲公竹」，為別人的土壤「施肥」。比如一位香港設計師想試種食用花，他由零開始教人培植，用甚麼工具、如何設置溫室，結果花場一年間已上軌道，收入甚至比他好。

朋友經營六萬尺番茄溫室，他傳授小點子，讓農作物冬天時也可以進行光合作用。朋友見番茄葉面滿布黑點，以為植物生病了，找他救亡，他一看就知那不過是小蟲，無須用藥，只要在葉面上噴點酒精就好。朋友都嘖嘖稱奇。

「香港沒農業大學，做官的又無實戰經驗，其實很多都是 common knowledge，外國農夫個個都識。」因此他滿腹大計，不限於自己的農場。

「如果有天被人收地，我便考政府工，做個有技術有經驗的官員，好好幫助香港農民發展技術。香港是福地，農產品可以賣到很好的價錢。我們一直缺乏食農教育，食物從何而來都全無頭緒。其實香港人吃香港種的農作物，才是最安全最美味的。」

忽然有點像在聽候選人講「政綱」的虛幻感覺……在體制內，要改變，談何容易？怕未咆哮已被滅聲嗎？

「我是『潛力股』，不怕辛苦只怕失敗。在我眼中，除了死亡，沒甚麼不能跨越的，所有事情都總有解決方法，只要你願意嘗試。」三十歲的 Peter 如是說。是的，一日未死，一日都可能有運行。

亂世中，阿Q精神可能行得通。

文●陳琴詩

我腦海中的未來是幅好美好美的風景畫，遠處是高高瘦瘦的水杉樹，前面是銀杏，接著是開心果樹……到了秋天，整個樹林像被施展魔法一樣，為深淺有致的綠色披上一抹紅橙、一抹金黃，讓人看傻了眼。樹林前有個湖，湖邊有些小屋，未來世紀的人們就在這裡過著反樸歸真的生活。

MARKET

網購新鮮雞

白宇軒

story 6

不懂買餸的人，也可以賣餸為生。不用刻意學習如何在街市擺檔攤，如何向買手入貨再與街坊打好關係——用個人專長就可以參與這件自己所知不多的事了。

白宇軒是網上買餸網站「早晨」的創辦人之一，他的專長是設計，在「早晨」主要負責設計、營銷和建立品牌的工作。他與另外兩個「早晨」創辦人共同設計了一個買餸網站，連結食物與顧客。

食物背後是人，有些是很會挑選生果的街市檔主，有些是滿懷理想的有機農夫，他們的故事連同他們的貨物刊在「早晨」的網站裡，這樣，一棵菜就不止是一棵菜，顧客如果很好奇想知道這棵菜的產地與及如何成長，網站都有資料。

白宇軒是不煮飯的，他也不逛街市，深夜完成了加班工作，便到還未打烊的快餐店買個飯盒，回家三扒兩撥吞滅所有飯菜，咦？吞進肚裡的食物到底是甚麼味道？他想不起來。

有次，他的母親在家煮飯，發現買漏了蔬菜，致電差不多下班的兒子，要他回家前先到街市買菜。兒子來到街市，才六時許，菜檔幾乎收檔了，他的選擇不多，蔬菜看起來質量也不好。他才知道上班族原來很難購買新鮮且優質的食材。以後在夜裡吃快餐時，看著筷子夾著的一片肉，他想：到底自己把甚麼吃進肚裡？他不會找到這片肉的資料。

設計為生活找便利

他是設計師，專長是設計。他一直相信設計是用來解決問題的方法。不如試試解決上班族買餸的問題。於是他製作了一個樣本網站，裡面放了一些樣本食材照片。他帶著網站與當時僅有的運作概念，來到灣仔街市，逐檔逐檔向商販介紹他的網站和想法。豬肉佬和雞販邊聽邊皺眉，然後是靜默，最後用力搖頭，他們這些街市佬連智能電話也沒有，根本聽不懂他在說甚麼。他心裡想，唉，自己長得像賊一樣，不是容易獲得長輩信任那種乖男孩的外形。

走著走著來到珍姐的生果檔前，他看看這個看檔的阿婆珍姐，滿頭白髮，比他那個無論如何指導也不懂網購的母親還要老，怎樣找她合作經營網購呢？他硬著頭皮走過去，語氣非常生硬地介紹「早晨」，也不知她確實聽懂多少，「總之，有人會來你的生果檔買很多東西。」「買很多東西？好啊！」珍姐忽然眼睛發亮，連忙點頭。他終於找到第一個街市檔販合作。

他拿著一張白紙，一部相機，在珍姐的檔口拍攝她顆顆飽滿的生果，把資料放到網上，不時問她有甚麼時令生果、新款水果、不同產地的牛油果有何分別，也把珍姐口述的生果資訊放到網上，並譯成英文，方便外國客人。大部份居港外國人不懂廣東話，就算知道街市有最新鮮的食材，雞同鴨講，也很難走進街市選購。「早晨」接到訂單便打電話給珍姐。後來她說：「太多訂單太亂了，你 WhatsApp 我吧！」

適當分配資源

其他檔主見他常常來逛街市，知道他不是玩，便與他合作。他學習如何分辨一隻豬的不同部位。

「早晨」的訂單漸多，後來有了自己的送貨車隊，分頭到灣仔和西營盤兩個街市採購。灣仔街市本來只服務灣仔街坊，貨量其實不夠應付「早晨」顧客的需求。「早晨」熱賣的本地雞「嘉美雞」也供不應求了，白宇軒便聯絡嘉美雞的農場主人，希望從源頭取貨。

他駕車前往雞場，尚有五分鐘車程才到，一陣濃烈的惡臭雞屎味已撲鼻湧至，他半掩著鼻捱過這五分鐘，一下車，雞場臭得他想立即逃走。只是熱心的雞場主人立即上前與他打招呼，大談本地農業與本地雞，一說就是三個小時。他才知道原來本地雞的背後，有一個對本地養雞業如此有熱誠有抱負的雞農。

後來他逐漸認識了其他本地農夫，他們大多是有心人，為了實踐自己的生活理念而從事農業工作——農業在寸金尺土的香港是如此難以謀生。例如一位化妝師因為好奇街市的魚賣得那麼便宜，而養魚的成本很貴，這件事到底如何運作？化妝師便去了做漁夫。他們令白宇軒踏足和感受到一個更廣闊的世界，而農夫如此努力，也令他更想做好「早晨」。

本地農產品一定有市場。他深信。只是農夫一天到晚忙著處理農務，無暇兼顧營銷工作。他希望透過「早晨」為農場建立品牌形象，尋找目標顧客。如果彼此合作，農夫可以專心生產，「早晨」則負責後勤工作。而「早晨」的團隊也各有所長，有人負責商業發展，有人負責程式技術。

他負責設計，視「早晨」為一個用戶高度參與的設計項目，項目需要各種不同專長的人參與，以解決目前的買餸困難。「營運的目的是賺錢，解決問題的方法是設計，盈利是設計成功的結果。」「我不需要懂得種菜才做早晨，到了最後我也不懂種菜，農夫識種便可以；我也不懂揀生果，珍姐識揀便可以。」

余信盈 · 十歲 ·

夢想做 Youtuber

未來的世界，車會在海中行走，
每架車都裝有太陽能板，升上水面吸收能量，
然後又可透過車頭燈傳送給前車，
有點像多啦 A 夢的世界。

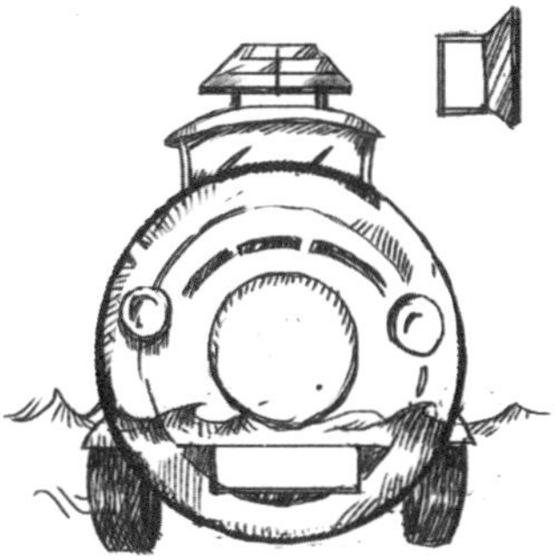

未來的城市人依然享受「落街買餸」的樂趣，需要網購的只是因為時間不允許。未來城市和農村的邊界愈來愈模糊，所有大廈的建築結構包括了農地，不管是「農田層」或是天台種植，每個屋苑都擁有自己的農作物，只需坐電梯上落就能接觸農夫以及有機種植的蔬果。購網只用於與其他農地交換品種。

LIKE COIN

高重建

創作不廉價

story 7

高重建父親的家鄉位於廣東省新會某村，村裡有一面牆，大字寫著：「電力不是免費資源」。原來，在村裡長大，從小看見大自然免費提供「閃電」，不會覺得「電力要錢買」。一個人如果從上網第一天開始，瀏覽的全是免費資訊，也不會有「資訊要錢買」的概念。也許，教育可以改變一個人的價值觀；而科技，也許可以改變一個人的行為。試想像，如果like變成LikeCoin，按讚同時可以付費支持作者，這會如何改變你的按讚行為？

二〇一七年，高重建埋頭開發LikeCoin。LikeCoin的中文名叫「讚賞幣」，口號有兩個版本，一是「化like為coin，回饋創作。」一是「化讚為賞」。「中文有時很好玩，讚賞讚賞，讚是表態，賞是付錢。臉書說點讚點讚，正是有讚冇賞。讚賞幣隨之而生，因為有讚有賞，才得完整。」

他希望可以改變目前創作者的生存狀態，即：先無償創作，從作品獲得人氣，再接到廣告等工作。他希望作者可以直接從作品獲取收入。「多數人寫文章不是為了賺錢，但如果文章的副產品是收入，的確可以讓這些作者花更多時間，更專注地寫好文章。」

社交媒體使用了整整十年的 like 鍵，只供讀者免費表示認同作品，然而 like 和 share 都不能直接變成收入，share 愈多，創作人反而好像愈受懲罰：版權被濫用，而自己卻一元都沒有。但如果把作品變成收費內容，又會有人看嗎？當 like 變成 LikeCoin，網民又真是會選擇付錢嗎？

很多人潑高重建冷水：「人性自私」、「華人是小農基因不會付錢」。他覺得這些講法沒有現實根據，站不住腳。他在中港兩地工作十多年，在內地研發手機遊戲，而內地遊戲業一直認命，不求「收費玩遊戲」，只求免費玩遊戲的玩家，有一小撮人會付費買「穿越時空」或「獲得寶劍」等體驗。只要有百分之三玩家付錢，就可以養活這個遊戲。

回到社交媒體，如果有百分之三網友願意化 like 為 coin，或許便保障了作者可以單憑創作為生，即使是嚴肅作品也有相應的生存空間。如何把這百分之三的付費網友找出來？高重建可以處理的部份是改善技術，提供一個更便捷的付費方法。

「我不是想令本來不肯付錢的人付錢，如果我做得到就好了。但我覺得最重要的任務不在於此，最重要是令本來願意付錢的人可以很方便地付錢。例如你其實願意每個月拿五十元出來閱讀好文章，假設你一個月會看三百篇，你要付費閱讀，就要先把五十元分成三百份，再到銀行逐間機構轉帳，非常麻煩。很多人不是不願意拿五十元出來，而是這對他們來說太麻煩。」

他認為，從「打算付錢」到「完成付錢」的每個步驟，對付費者來說都是阻礙，所以，步驟愈少愈好。如在中國的通訊軟件微信閱讀文章，看文後想付錢便按「打賞」鍵，再以指紋或密碼確認付費，兩個步驟便付了一元給作者。一元一元地累積，中國這不太重視知識產權的地方，竟成了全世界以小額支持原創內容的先行者。「做技術的人不能第一步便把少人付費推說是人性自利，因為也有可能是你提供的模式不夠方便。不少人太把一些現象視為理所當然，認為無法改變，例如很根深柢固地認為創作一定要兼職。」

他打算用十年時間經營 LikeCoin，既是他對此事的耐性時限，同時也認為十年可以改變一件事。「我不是天真的人，當我去做 LikeCoin 時，就算投放了很多資源或很盡力去做，也不覺得一定成功，或八、九成機會成功，其實我知道這件事很難。但從人性去看，如果只用『人性自利』的假設來看一件事會否成功，其實自利也只是人性的一種，而不是唯一一種。」

文●趙曉彤

十年後，網絡世界仍有很多問題存在，網上內容仍舊譁眾取寵，仍有很多人追看劣質內容，仍有很多盜版問題……但 LikeCoin 的目標不是防小人而是幫君子，問題不會徹底消失，但十年後最基本是要比今日好，嚴肅創作也可以獲得足以維生的回報。一句話就是：創作可以當飯食。

↑ Dani → p.201

崔之禮 · 六歲 ·

夢想是做科學家

以後個世界是機械人的世界，人還是普通人，但能控制所有機械人。我要做個科學家，發明一部帶有手指的電梯，只要人講去幾樓，生在電梯上的手指就會幫你按去幾樓。

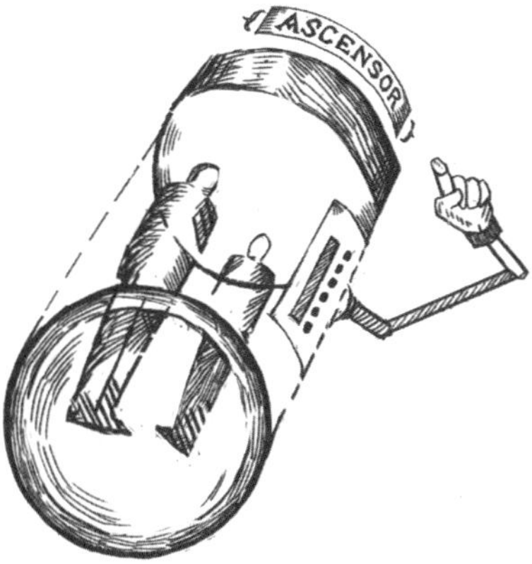

滾動的知識

莊國棟

story 8

在餐廳林立的九龍城，一架載滿粟米的小型貨櫃車停泊在一所學校裡。但它賣的不是粟米，而是一個閱讀空間。

「一粒粟米，一個故事。粟米是大自然的禮物，是代代相傳的食糧。你們知道爆谷也是粟米做的嗎？」在粟米堆裡的幾個小朋友搖搖頭。

「粟米其實也是豬、牛、雞的飼料呢……」

他們目不轉睛地聽著那個戴著眼鏡、總掛著親切笑容的他說故事。他是「滾動知識車」創辦人莊國棟（James）。

他讀著的是一本關於孩子與粟米的教育繪本。原來，有人輕視粟米，不懂珍惜；有人卻連小小的粟米也吃不到。時而城市小孩在電影院內開心吃爆谷，時而農村小孩三餐的貧困粟米粥，再轉到南美地區工廠式開墾粟米田而掠奪的樹林與土地……透過閱讀的文字，小朋友跟他一起想像乘著風，飄遊到世界各地，看不同小孩子與粟米的故事，看到地球的糧食資源分配問題，反思對他們來說非常遙遠的糧食問題。

平日這小貨車滿載的不是粟米香，而是書香，車上盛滿各式圖書繪本讀物。只是這天在九龍城書節，James 忽發奇想，他想營造一個能讓小朋友體會甚麼是繪本的粟米世界，讓他們容易代入角色發揮想像，創造空間讓他們去回應故事。他向小朋友們提出問題，邀請他們一起在紙上創作，寫下自己的答案。他知道家長最重視的是能引領小朋友發揮創意的活動，而不是給他們一個標準答案。

車上的紙張瞬間被填滿五顏六色，雖然小朋友總是容易失控亂跳亂叫，但他看著那些天馬行空的圖畫不禁又在吵鬧聲中笑了出來。

一位母親上前買了繪本，James 遞給她一條粟米，哈哈笑說：「這天買書，我們還贈送菜園村的超甜粟米呢！」

小貨車的車尾掛著一個仿製車牌，上面寫著「ROLLING」。「滾動知識車」是一部流動書車，James 把它駛進小學校園及社區，舉辦各類閱讀活動及工作坊，尤其照顧偏遠地區及低收入家庭的小朋友，透過設計不同的閱讀體驗，讓小朋友增進知識也鼓勵他們從閱讀中尋找個人興趣，以孕育不同的理想，找到生活的熱情，也是他曾經失去的熱情。

大家都以為James從小到大看了很多書，是典型的愛書人。因為，從前他有另一個身份，書店「阿麥書房」的老闆。但他說，其實從前上中學時，他都沒怎樣到過圖書館。上了大學，也不是修讀跟文化藝術有關的科目，而是選了符合家人期望的電腦科。回想起來，他很愛書，是因為電影。

二十多年前，坐飛機旅遊並不像現在般容易。他第一次坐飛機，就是十八歲到澳洲讀大學的時候。當地的藝術電影很盛行，有一半的戲院都會放映藝術電影，當地濃厚的藝術氣氛讓他開始接觸電影。歐洲電影和事物變得不再遙遠，令他了解不同地區的人文精神，大開眼界。只要不用上課，James就流連於不同的電影院，收集電影的插畫單張，他開始尋找跟電影有關的書籍去了解更多。當初的他不是特別愛閱讀，只是功能性地從書裡索取想獲得的知識。從那時起，他透過閱讀去鑽研自己喜愛的事，以旅遊的心情去探訪圖書館，認識未知的世界。

那時候，若你迷戀一個導演，不能在互聯網隨便打個關鍵字就能搜索無盡的資料，而是要親身到圖書館逐本逐本找相關的書。當時的他很迷戀波蘭導演克里斯多夫．奇士勞斯基（Krzysztof Kieślowski）的電影系列《藍白紅三部曲》，藍色、白色和紅色是法國國旗從左到右的三種顏色，而三部電影所講的故事也是基於這三種顏色所代表的政治理念：自由、平等和博愛。就那樣，他從「藍」開始搜索……直到現在，即使相隔多年，他還是很清楚記得電影戲劇類別索書號——「791.43」。

為電影與書改變了生命軌跡

留學期間他接觸了劇場，回到了香港，曾經在劇團工作過幾個月，又回到沉悶卻穩定的電腦公司工作。但他還是很喜愛電影劇場，用工餘時間開始搜索更多相關書籍深入了解，學習寫劇評，甚至創辦過關於劇團的期刊。

問起他從書裡閱讀過最深刻的其中一段，他竟是想起了一位導演分享修讀電影時的經歷。在面試時，考官要他即場描述家裡廁所的抽水馬桶是怎樣運作，要仔細描述那過程和背後的機械裝置，從而判斷你能否透過電影語言去說你的故事，是否認識自己的生活。

「是喔，我從沒想像過抽水馬桶背後是一個怎樣的故事……」他想。

從電影到劇場，再從劇場到書，對他來說，那是一個減法。電影真實得讓你感覺置身其中，來到戲劇，在舞台上，很多意象要由你去填滿，想像空間愈來愈大。再回到閱讀，純粹的文字開始在腦袋裡成全你的所有想像。在這個世代，所有事情包括電影、戲劇愈來愈逼真，大家愈來愈追求準確，同時也愈來愈懶得去思考和想像世界。我們對一切都習以為常，缺失了一份好奇心，去探索背後的可能性，就如那抽水馬桶。原來我們從不了解它，即使每天都在用。這樣的我們活得實在嗎？

透過閱讀我們在腦海裡建構了一個想像世界，那虛構的世界才是我們生活裡的必需品。

James 明白閱讀的重要性，也想將閱讀的好處推廣給更多人。他不懂做戲劇或創作故事，卻在推廣閱讀上找到自己的位置，想嘗試推行一件新鮮事。二〇〇四年，剛踏入三十歲，他成立了第一間上樓書店「阿麥書房」。在香港經營一間文化書店當然艱難，但他沒有預想太多，只想試著營運一間不只賣書的書店，除引入當時少見的藝術行政、劇場、性別議題及外國小雜誌等，更結合音樂和咖啡，配合活動，讓人的五官都能感受到一個閱讀的氛圍，令大眾愛上閱讀。書店的櫃台貼滿電影單張，多年前在澳洲讀書時的收藏終於大派用場。在當時咖啡店、小書店等本地文化沙龍還未盛行，阿麥書房的確成為獨立書店成功的先驅，更曾擴充至三間，從放映會、講座到唱片，他都一一嘗試。只是，好景不常，後來書店因經濟及營運壓力，他於二〇〇九年正式將書店一一結業。

在那之後，James 失去了生活的熱情，也失去了人生目標，甚至不敢見朋友，跌進了抑鬱的漩渦。幾年後，體重和健康更響起警號，他才醒覺要從失敗的悲傷中重新振作。他開始跑步，也略見成績，體重漸漸下降，身體變輕鬆了，心情的負擔也少了。但即使跑步，他也離不開閱讀，更想到跟志同道合的朋友舉行跑步讀書會。

終於，那熱愛想像和閱讀的他又回來了。

有天，他看著兒子正在寫閱讀報告，老師要求同學們都要定期提交不同書籍的閱後感。孩子感到非常苦悶，也因此不喜愛閱讀。James 突然想起小時候的流動圖書車。「流動書車也可以將閱讀推介給更多孩子啊。沒有大車，單車也可以。有書，就可以了！閱讀可以很有趣！」因此，他開始了「Rolling books」計劃，以行動將閱讀的體驗帶到不同社區的小朋友。他認為讀書不一定只在學校裡，也可以在大自然裡。閱讀也不一定只是沉悶，也可以很好玩。

即使經歷過經營書店的失敗，James 仍然相信，只要開始了堅持下去，就會漸漸遇到對的人。就像當年連結過的很多愛書人，多年沒見，後來重遇，他才知道不少已當上了專業作家或藝術家。其中一位更在自己的作品中提起了阿麥書房的經歷，孕育了如今寫作的她。她的作品，回饋了 James 的信念，給予他不少支持。看著捧在手裡的書，他才感受到當年一股傻勁地營運書店，那小小的一步所牽連的未來，也是現在。

書節結束了，關上車門，他帶著有點疲倦的身軀，又再起行。

「Reading is the new black」他仍然相信。

在偌大的草地上，放滿一個個書櫃，中午溫暖的陽光照在他剛打開的書上。那是位於九龍的公共圖書館。他從書架上選了幾本，在閱讀區躺下。旁邊跟他一起看書的是一隻正在午睡的流浪貓。不知不覺，天邊開始染紅，館長開始提醒大家即將關門，他才捨得放下讀著的書準備離開。

圖書館沒有正式的門口，而是圍繞著大草地上一條隱形的線，每一個帶著圖書證到訪者一跨過，「嘟」一聲就響起，記錄了他們閱讀過的書本。他步出「門口」，才想起他忘了要購買的新書，立即轉身將帶來的廢紙放進購書機器。一按下購買鍵，溫暖的文字就被印刷在紙張上，送到他的手上。

↓ PatPatKate → p.201

MOVING

向前走

人與人之間的情感流動從未消失，
連結著社區的創意與行動。
大家倚仗著彼此走出各自的方向，
在不同角落開出朵朵鮮花。

FORWARD

98

王匡文

把芬蘭的快樂學習帶到香港

story 9

王匡文有兩個正在就讀小學的女兒，觀察她們如何成長學習，令她愈來愈關注教育。二〇一六年，她創辦「21世紀教育聯盟」，與香港芬蘭商會合作，研究如何把芬蘭教育的理念帶來香港，並設計成一套適用於本地的教學課程。在她的願景裡，這是一套跨學科、功課少、自主度高、知識能與現實生活接軌的教學模式。「我覺得開心學習，成績就會好，是很簡單的方程式。香港的老師覺得開心和學習不能放在一起，我覺得絕對錯誤。」

求學時期，王匡文總是名列前茅，在公開試也考獲佳績，於是她重視兩個女兒的教育，對學業分數的要求極高，曾經因此變成「虎媽」。更希望女兒十項全能，不只要成績好，還要學畫畫、學音樂。她找到極有名氣的老師教大女兒拉小提琴，人人羨慕她的女兒有名師指導，可是，當她與其他家長閒談時得知這小提琴班的其他小孩子一天要練三小時琴：起床練一小時，放學回家練一小時，睡前還要練一小時，她立即想起自己對鋼琴的恐懼：小時候她天天練習鋼琴，因為要考級，她通過了所有鋼琴考試，可是現在一走近鋼琴就會渾身發抖，甚至常常夢見自己又要考鋼琴試……她通過刻苦練習而獲得一項技能，卻從此無法享受鋼琴的樂趣。算了，女兒不是要做音樂家，一天省下三小時可以做很多事，還是待她長大後想學再學。

大女兒升上小學，是一間傳統學校，功課頗多。女兒一邊做重組句子功課一邊問：「為甚麼要做這些功課？真無聊。」又問：「為甚麼要背默？」王匡文只能答她是為了考試，如果科科考得好，就只有一科考不好而拉低了平均分，不划算，所以是為了這樣而「努力學習」。只是一個小孩把所有時間都花在努力獲得好成績，對這小孩的將來真有好處嗎？她愈來愈懷疑，對兩個女兒的學業要求也就愈來愈寬鬆：不用寫出一份完美功課，完成功課就好了；不用默書一百分，睡前背一兩次就夠了。兩個女兒省下了很多時間，發掘和學習自己感興趣的事。

事半功倍的快樂學習法

大女兒最近非常沉迷「鬼口水」，但不是沉迷於購買，而是想知道怎樣製作這種玩具。她在Youtube看了一大堆自製鬼口水的教學影片，然後買來一大堆材料，天天在家做實驗。大女兒製作了很多實驗失敗品，王匡文有時不禁潑她冷水，但她非常堅持，繼續鑽研，最後製作出自己大感滿意的鬼口水。天天在家做實驗，不知不覺堅定了自己動手尋找方法的決心，也從不同材料的配合中掌握了化學知識。大女兒想知道別人滿不滿意自己做的鬼口水，放上網賣，這要計算製作成本、運費以及預期獲利，成為了她的數學課；為了吸引顧客，她為鬼口水設計漂亮的包裝，這時她在學美術；後來她發現一些顏色的鬼口水特別受歡迎，大量製造再推銷，這時她在學營銷。王匡文並不明白鬼口水這種軟軟黏黏的東西為何受小孩子歡迎，但知道女兒是在自發學習，獲取了知識也得到了成就感。

後來，小女兒買了一堆布料回家想縫製衣物，可是，真困難！大女兒便對妹妹說：「難不要緊，只要你用心，一定做得到。」王匡文聽見，很感動，大女兒原來一直記得她的說話。她還對女兒說過：「現在做不到，不代表將來做不到；不要怕失敗，失敗便再試。」

「有時女兒放學回家，告訴我一個同學測驗八十幾九十分也怕被母親責怪，我覺得很無謂，令小朋友對學習扣分，也沒有自信——當你拿九十五分也覺得自己差，你將來就難以面對失敗。」

「很多小朋友不是沒有用，是教育系統令他們覺得自己沒有用。教育是要教小朋友知道自己的長處在哪裡，每人都有不同長處，再一起合作，這是最強的，現在也是共享的年代。」她認為未來的教育必須令小朋友做自己感興趣的事，做完一件事，沒有興趣，便找下一個興趣；小朋友也不需要分科學習，像她的大女兒製作鬼水口，就是同時學習數學、科學、美術等，「只要願意學習，無論學甚麼對他們都是有用的。」

為了這種快樂的自主學習模式將來能在香港發生，她先後到芬蘭的學校、實行芬蘭教育的馬來西亞國際學校考察，也帶女兒到這間馬來西亞國際學校短期試讀，在香港土生土長的女兒從未見過學生在上課時自由走動，同時積極搶答老師的問題。學習真是快樂。

她與團隊積極籌備創校，課程設計好了，教學團隊的名單也落實了，可是，她一直申請不到空置校舍。如果不靠政府批地，她就要租用私人土地，但暫時未找到合作者。她仍在找不同的人商議創校大計，「見人就講，相信總有一日做得到。我們仍抱著下年可以開學的希望。」

「我的看法是不要浪費時間和政府爭執，等政府修改法例再批地，等到天荒地老也沒有結果，不如自己多走幾步，多想一些不同的解決方法，每個問題也不止有一個答案。未來最重要是有希望，有希望就會有目標繼續去工作實現。」

文●趙曉彤

黃平喆·七歲·

夢想去英國或西班牙踢足球

小朋友做完功課後，有一部檢查功課的機器，
自動檢查功課是否正確，大人就不用辛苦檢查，
小朋友也不會被鬧。

不需要每天到學校上課，上學模式有好處，在家自學也有好處，所以未來有一種兩者合一的教育模式，如戶外考察與專題研習是學習的常態；自學能力也很重要，死記硬背已經不合時宜，聰明的小朋友滿腦子的想像，當他看見一杯茶時，可以這杯茶聯想出更多新東西來。

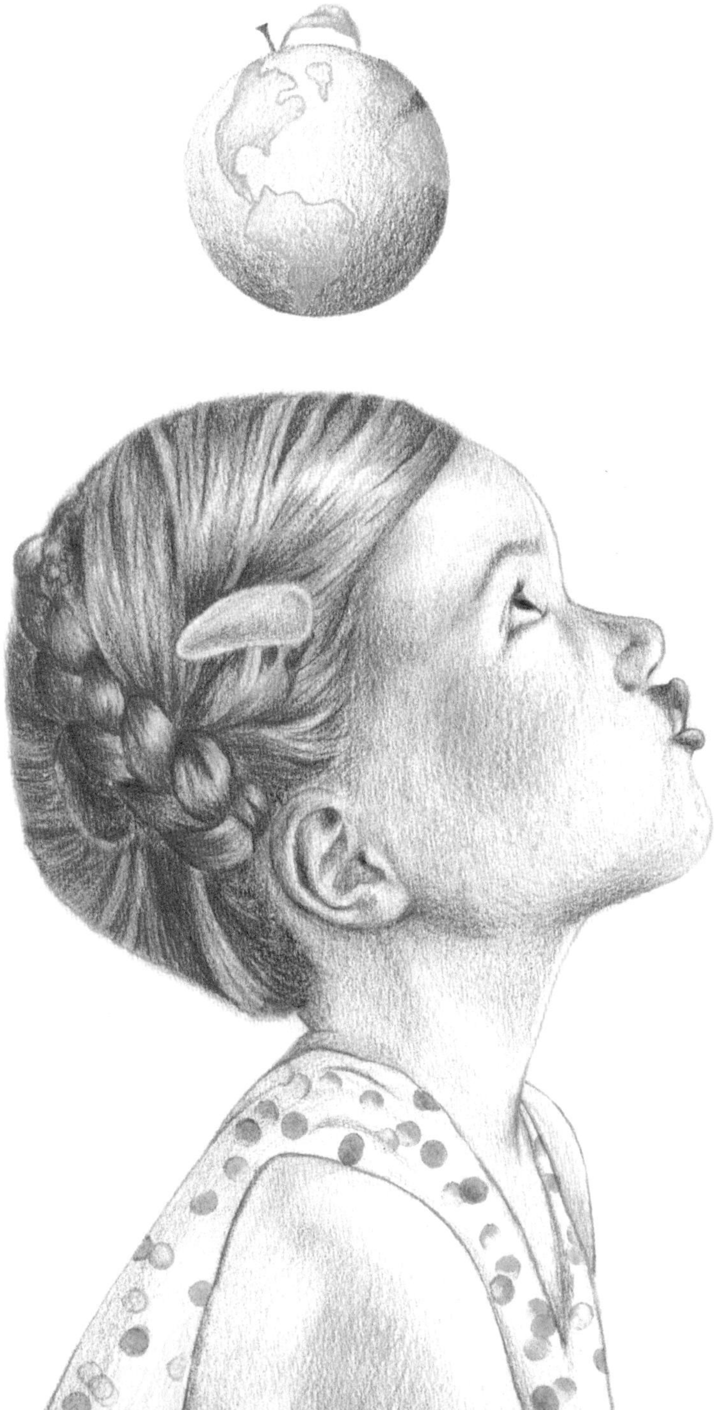

MATHS

後學生證時代的流動共學校園

許寶強

story 10

許寶強在嶺南大學教了二十多年書，經常思考「學習」，例如學校為甚麼叫做學校？真正的學習有在學校發生嗎？怎樣才算是一個學生？擁有一張學生證就是一個學生？如何證明一個人是在「以學為生」的狀態裡？

他的兒子也是學生，成長於香港的教育體制，在香港的校園裡學習。「閱讀」是正規課程的其中一個學習目標。從前，他的兒子有一份網上功課叫做「每日一篇」，源於教育界鼓勵學生閱讀，於是設計了一個獎勵計劃：每個學生都要每天上網閱讀一篇文章，然後回答幾條閱讀理解選擇題，答對了會有積分，累積積分會有獎勵。名義上，學生通過完成這份功課可以學會閱讀。實際上，他的兒子卻不明白為何要讀這些文章，認為這是學校加在他身上而他不想做的任務。他只想儘快解決這份功課，然後做自己想做的事。

於是，兒子往往先看選擇題，再按選擇題的「關鍵詞」在文章搜索，找到關鍵詞，猜到選擇題的答案了，便完成功課。兒子不會因為要做這份功課而從頭到尾閱讀一篇完整文章，長年累月的「訓練」只令他學會了如何快速回答對方想要的答案，不見得他的閱讀與理解能力會因此提升。反而他平日讀小說讀得津津有味，讀後不用填工作紙或寫閱讀報告，他的語文和閱讀能力卻不知不覺提升了。

學習需要有動機

強制的功課與自由的閱讀，哪一項是「真正的學習」？學校與其運作模式真是有利「真正的學習」發生？

許寶強一直都在研究、觀察、反思本地的教育制度，包括大、中、小學。他在大學教書多年，一直覺得大學生的學習動機很弱，對知識的好奇心十分低，似乎大部份學生是為了畢業證書而讀大學，不是為了追求學習而來。他不禁回想兒子這份「閱讀功課」，以及他與兒子兩代人所經歷的中、小學教育制度（不止父子倆，也包括父子倆同代人的學習經歷），發現校園裡的種種教育設計，常常是要學生不斷回應他人的要求，個人的好奇心並不重要，重要的是考試，換句話說，重要的是學習如何應付那些影響自己成績/前途的人和制度，然後儘快找方法配合。十幾年來，沒有人回應學生對知識的好奇心，學生想問問題，老師卻說課堂時間有限，往往選擇單向講授「課程規定」的知識，下課了，學生原來想問的問題也消散了。於是，香港的教育制度培養了一班非常適應既有制度的人，懂得猜度上司和老闆想要甚麼，然後配合。

似乎沒有人會問：一個學習動機極低的學生，能不能稱為學生？

許寶強說：「如果學習是這個狀態：學生有興趣提問而不覺得羞恥，很有自信地發問，很有好奇心，對世界充滿想要探索的熱情，這種狀態在六、七歲的學生身上是有的，但到了大學，這種能力逐漸消失，這是從側面反映出，其實我們的學校不配用『學習』這名字，因為學習並沒有在學校裡面發生。」不問問題的學生，可能是知道「公開發問」的最低度懲罰是被同學取笑。

許寶強說，個別的老師與學校仍對學生有啟發性，但這是一種例外狀態，而非學校設計的常態。「也不是個別老師好不好的問題，而是整個制度就是設計成不斷灌輸答案，要你儘快找到答案。」勤力而盡責的老師花了很多時間做簡報、設計工作紙，但真正的學習有沒有因此發生？到底甚麼是真正的學習？許寶強引用海德格《*what is called thinking*》一書，指出學習或思考是要回應來到你身邊的「重要之物」。老師的「重要之物」是學生，應該按照學生的要求、能力、意願來因材施教，也因此教學過程最重要是回應學生的提問，而非要求學生答到老師想要的答案。

「甚麼是好老師？對我來說只有一點，就是他是一個好的學習者，這也是海德格啟發我的：to teach is to let learn，教學的真正目的是讓學習發生，老師最重要的能力是懂得甚麼是學習，才有機會令學生學習。」

「甚麼是好的學習者？就是有好奇心，很開放地迎接一些重要之物，並且願意向那重要之物觀察、聆聽、了解、研究，然後作出回應，這就是一個學習的狀態。」

他覺得自己有很長時間並沒有做好「老師」的角色，這是因為他受限於個人經驗，從小到大都求學順利，當年的大學生不多，讀大學的人都有相對強的自學能力，語文能力也相對較高。而在嶺南大學教書，他所教的學生並不是跟他一樣的學生——很多學生即使想獲取知識，也不是想獲取一些成為學者的知識，而是對生活、對個人思考有用的知識。兩代人的成長經歷也不一樣，現在的學生從小到大有電腦、手機、網絡世界陪伴成長，他不能把自己當年那套學習方式硬套在與他想法、能力與價值觀都不一樣的一代人身上。

多年後，一些相熟的舊生才告訴他：「我知道你很努力教書，但你當年在課堂講的理論對我往後的人生毫無用處，我倒是記得你如何待人接物，或在報紙寫文章，回應社會狀況，也記得你的口頭禪：重要的不是 answer the question 而是 question the answer，再進一步是 question the question ——這個問題問得合理嗎？」

「學習」無處不在

舊生的說話令他反思。二〇一四年九月，學聯與全港廿四間大專學院發動「罷課爭普選」，當時學生提出的口號是「罷課不罷學」，社會不少聲音批評這句口號，認為離開課室就是罷學。「香港社會對學習的想像只有一種模式，但這是一個很狹隘的理解。罷課，離開正規的由上而下的安排或必須應付他人的狀態，學習才有可能發生。」

於是他和一群大學老師在罷課期間每天輪流到罷課現場講學；在七十九日佔領期間也在各個佔領區參與了「流動民主教室」所辦的部份講座。當時，他看見數十萬市民湧到街頭向政府不斷提問、不斷講述訴求。市民是政府的重要之物，可是政府拒絕回應，或只給予一些「現成答案」來取消問題。只是社會問題既然從未解決，「我的看法是不可以讓問題取消。」如何不放過這些問題？他和「流動民主教室」的一些朋友想到的方法是讓真正的學習發生。

佔領結束後，他們繼續在廣場講學，後來希望有更多深化討論，便嘗試舉辦一些課程；二〇一七年，他們承租了灣仔富德樓的空間，營運民間學習機構「流動共學」。任何人都可以報讀流動共學的課程。於是，不同年齡、背景的人帶著自身的思考，來到一個不是以投映片、筆記、功課主導的空間，圍成一個圓圈，熱烈討論他們感興趣的書本與議題，並學習各種門檻很低但要學得好也很難的知識。

一個不是「學校」的空間，一群學生證早已過期的學生，正在學習如何回應真正影響這個社會乃至個人生命的「重要之物」。

文●趙曉彤

原則上是愈少阻礙學習的障礙式體制愈好，而要讓學習發生，一定要先因材施教。因材施教一定不可以是一種平面設計，即人人都要在同一年紀接受同一種教育、同一種考核方式、同一份功課。教育制度應從小容許多元性，讓不同質地、興趣、能力的學生都有機會找到最適合自己的學習方式。

↓ The Odd Little World → p.201

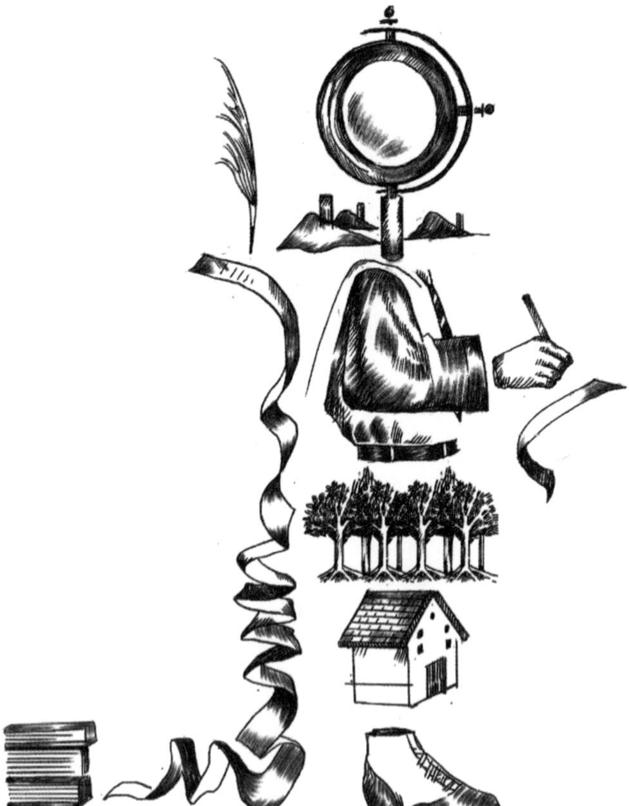

story 11

回應本土發展的民間研究

陳劍青

本土研究社的日常工作是「民間研究」，與大學的「學院研究」最大分別是：「我們問的問題都是民間正在問的問題。」研究社成員陳劍青說。

他是創社成員之一，創社時，他正在讀研究院，有幸遇到重視思想發展的教授，很享受在大學裡做研究、一個人慢慢思考問題的時光。一生人，實在難有這樣的機會，花上很多時間思考自己關心甚麼。同時，他也來到利東街、天星碼頭、皇后碼頭、反高鐵運動的社運現場。他發現，大眾不斷問的問題，和他在學院研究的問題相距很遠。學院的研究節奏緩慢，無法介入即時發生的社會議題。而民間研究的節奏，則是政府即日公佈一個新政策，就要按著當時的社會處境做出即時回應。「民間研究在一開始時，定題已較切入性，例如政府說香港無地要移山填海，我們就研究政府手上有多少地。」

「政府常常說自己無地，又不肯公開資料，大眾就會相信政府真是無地，而知識介入議題的意思就是我們把土地資料找出來。學院未必關心這件事，便失去了它原有在社會生產知識的功能。土地問題外，很多不同的領域也需要這樣的知識介入。學院可能會覺得我們這種研究沒有意義，會質疑我們在回應甚麼理論，但有時根本不需要回應歐美的理論，這個研究已很有意義，因為它是大眾關心的問題。」

學院研究，除了節奏緩慢及受眾錯配外（不少學者追求在外國發表論文，讀者設定是外國人不是本地人），另一趨勢是為了配合所謂「國際化」，研究院愈來愈多非本地生，他們大多對本地議題沒有研究興趣。如果連碩果僅存的香港研究者也不關心本土研究，陳劍青認為：「整個本土知識的生產就會和這個社會關心的事情愈來愈遠。自己沒太多辦法推動學院內的改變，就在民間推動本土研究。」

以研究引發討論

他的啟蒙事件是反高鐵運動。時值二〇〇九年，他早上寫學院論文，晚上查找與高鐵相關的文件、資料，假日沿高鐵路線實地考察，希望藉著找出事實，找到更多反高鐵的有力理據。當時他有一群一同「研究高鐵」的戰友，他們的研究口號是：「發掘資料的速度一定要比高鐵快。」也就是要比政府更快找到資料，用來反駁政策。接連不絕的資料曝光，令整個社會持續關注反高鐵議題。自此，他相信研究是一種推動大眾關注社會議題的力量。

反高鐵運動後，他加入新界東北發展關注組。當時，政府要發展新界東北的理據是土地供應不足，把「公眾住屋問題」與「保護農村農地」放在對立位置，令大眾誤以為只可以二選其一。可是，政府真是土地供應不足嗎？他發現，根本沒有人認真查證過政府擁有全港多少土地。土地關乎房屋供應，而房屋是很多香港人正在面對的水深火熱的困境。

於是，研究社開始研究棕土。棕土是指已被破壞或濫用的鄉郊土地。研究員調查棕土在香港的面積及分布，以及現時因棕土處理不當而引起的各種社會及環境問題；他們又查找外國處理棕土的政策，並倡議香港政府須確立棕土優先發展的政策原則。二〇一六年，他們出版研究報告《棕跡：香港棕土政策研究》，而棕土的討論持續至今。

「幾年前，香港無人知道有棕地，而現在無論在土地政策、公眾討論或所謂的土地大辯論，大家最支持發展的選擇乃是棕土，棕土研究開始對社會產生影響力。」

「民間討論的前提是要有足夠資訊，對某個政策範疇有較為實在的理解，甚至建立一套論述，這些全部需要知識的工作，否則會淪為口號，而知識的工作需要有一群人持續經營，才會實在。」

現時，研究社主要靠市民的月捐和一筆過捐款維持營運開支，七名全職研究員的主要研究範圍為土地問題、房屋問題、檔案解密、市區重建等。其他研究計劃則由一些核心成員帶領義務研究員一起工作。陳劍青希望擴大民間的研究力量，當愈來愈多人掌握到研究方法，就可各自查找資訊，回應各人關心的議題。

「近年香港社會有種心態，就是很多人覺得做任何事也沒有用，但一些深入的研究正在發揮力量，我們自己也感受得到。所以我常常覺得研究很重要，因為它扮演著回應政策的角色。」

當我們進行丁屋研究時，我們會想像「後丁屋時代」——沒有丁屋政策後，香港的鄉郊會變成怎樣呢？我們透過研究具體現況來帶領人們想像，無論是展示現況有多差，反差的想像有何重要性，甚至是——談未來是需要談歷史的，例如我們看見三十年前的解密檔案常常講二〇四七的問題，預視這問題會怎樣出現，當你有一個更好的歷史基礎去思考未來，這個想法就會鬆動到影響你本來覺得現在沒有出路的想法。

↓ Empty Pot 空盆子 → p.201

story 12

不用活太長，但至少有六十二歲，見證香港的二〇四七

黃宇軒

黃宇軒（Sampson）有一個浪漫想法——自己的命運扣上香港的命運。

中一，面對新生活，正是香港回歸之年；中六，爆發沙士，每年由中六生組成的學生會都會舉辦開放日，偏偏因為沙士，他這年辦不到；七一遊行，香港的前路令香港人煩心，他亦要選大學學科。到二〇一四年，他在曼徹斯特大學地理系讀完博士研究生，九月二十二日完成畢業論文口試，香港的學聯宣佈罷課不罷學。九月二十六日，回港的飛機降落那晚，學生佔領公民廣場，揭開「雨傘運動」第一頁。

大學教授跟他說，不要有一種命定的感覺，覺得自己這代人剛畢業便遇上這麼一件香港大

事。言下是叫他不要搞事。但 Sampson 不受勸，「我是矯情的人。」

他在「雨傘運動」現場創作「打氣機」投影裝置，投射佔領者的打氣說話，又收集了「雨傘運動」的藝術品，成立「雨傘運動視覺庫存計劃」，為當中的藝術品做記錄，並重新做資料搜集準備出書；這些年亦陸續策劃不同藝術或城市研究企劃，是藝術家，也是城市研究者。有一個作品叫《從現在開始，我們就是六十秒的朋友》，在環球貿易廣場（ICC）外牆用燈飾倒數五十年，因政治敏感被迫下架。

「二〇四七年，雨傘運動都三十多年，而我六十二歲。我是跟後殖民香港一起成長的。」

香港的越後妻有

二〇一二年，Sampson 第一次去日本「越後妻有大地藝術祭」。那是一個把藝術融入農村鄉郊的藝術祭，藝術家和村民一起創作作品，在村裡的廢校和水稻梯田間展出。Sampson 在當地做義工，烈日當空下替雕塑上色。他對白盒子裡的藝術品、甚麼純藝術技巧討論沒興趣，但介入社會的藝術則不同。日本越後妻有大地藝術祭就是這樣，沒有空降的藝術品，都是藝術家和村民一起創作，當中包含了村民的「藝術品味」，以及他們對世界的想像。歷史、大自然、土地、城市與鄉郊的關係等議題一次過展現，凝聚出一份動人的生命力。

「原來土地議題用這樣的方式來呈現更有趣。」Sampson 自大學開始對城市、空間，尤其香港這城市感好奇，有次上了關於疾病與政治的課，知道第一個患沙士的人由油麻地京華酒店（現為九龍維景酒店）的 911 房，行去廣華醫院，途中經過了東華三院文物館，而此館正收藏了一八九四年香港鼠疫的文物。同一個地方，連繫了兩代重要瘟疫。「地方充滿著故事。」香港人對自己的城市空間和文化不感興趣，是因為基礎教育不足夠，「為甚麼外國人都懂得欣賞自己的城市？不是他們的地方特別好，而是他們建構了一種方法去認識空間。」欣賞空間的方法有好多種，了解故事和歷史是一種，用自己的方式去書寫、拍攝，甚或以地方作靈感做創作也可以。

回港後，他好想做一個香港的「越後妻有」。「坪輋會是另一個被討論得熒烚烚的『馬屎埔』。」當年，本土研究社成員陳劍青跟他說。

那時候，除了馬屎埔，香港人還不知道更多關於新界東北的事情，更無人知道坪輋是甚麼地方。Sampson 即管去坪輋看看，驟看又是個即將被遺棄的村落，直至眼前出現已荒廢的坪洋公立學校。村民張貴財（財哥）說，學校當初由全村人一起建成，如今都荒廢十多年。Sampson 心裡便認定了。

「如果半年後在這裡搞個藝術節，好不好？」Sampson 問。

「是但啦，你們鍾意做甚麼便做甚麼吧。」財哥說。

二〇一三年，Sampson 和數名藝術及城市規劃界的朋友成立了「空城計劃」藝術團體，在坪輋辦了首屆「空城藝術節」，一班學校舊生在廢校唱回昔日校歌，藝術家和村民也一起做作品。但當中是要抗爭？還是回憶？他知道其實村民還弄不清他們一班藝術家在搞甚麼，但那年就有一個好消息——坪輋被剔出新界東北發展區範圍。到了二〇一六年，他辦第二屆，表演節目多了，「場地」更由學校延伸至整個坪輋的不同角落。有棵樹生蟲，藝術家和村民把樹砍了下來，變成一件雕塑，「每逢有外人來，村民必定帶人看那棵樹」；有音樂人為村民寫歌，再錄成唱片。「最正是財哥和村民們一起創造作品，他們還為不同作品挑選展覽地點。」

「作品真的很漂亮嗎？很特別嗎？」Sampson 自嘲。但一切根本是過程多於結果。「我本身也不是一個很『社區』的人，不相信住得近、是街坊鄰里便可形成一個網絡，但在坪輋和村民成為朋友，一起在高溫下做作品，留下汗水記憶，好有滿足感。」更大的快樂，是見到來自不同界別的人竟打破了隔閡，知道藝術家在石硤尾有展覽，財哥和一班村民會總動員包車出來看，又會去看天邊外劇場陳曙曦導演的作品。歌呢？在 Clockenflap 演唱過，村民也都去了！

「我們進入了他們的世界，他們又突然進入了我們的世界。」將「超級不同界別」的人拉在一起做些甚麼，不知不覺感動了他。

二〇一八年的夏天，他又開始連續每星期入坪輋，這次更帶著年輕的大學生來聽聽這裡的故事。「兩年沒怎麼去了，要再看看這個地方，也為二〇一九年再辦藝術節作準備。」是剛經歷了颱風山竹後的那星期，有村民的屋頂被颱風吹走了。Sampson 和幾位朋友聽著村民憶述家中裝設，建築師義工會幫他重建家園。那一個熱到不行的下午，無論他走到哪裡，都有村民和他打招呼。

Sampson 跟村民說過：「你們在未來十年都會見到我啊。」他一早決定要每隔三年辦一次藝術節，跟隨越後妻有的傳統是其次，更重要的是，「我想這個藝術節能夠反映關係和地方的變化。」即使將來滿目瘡痍，即使將來要拆要毀，也能夠和他們一起經歷。

「在抵抗它的轉變的同時，也記錄曾經的抵抗。」

愛你五十年

Sampson 印象很深的是大學讀過「電影與政治」一課，教授是馬樹人。一班同學會由下午兩點半一直看電影至夜晚十一點半，每次看兩至三套電影，然後不斷談論。一次，教授播的是《兩小無猜》。

女孩問：「五十年有多長啊？你會愛我那麼久嗎？」

男孩說：「沒問題，我已經愛你愛了整整一個星期了。」

當年同學似懂非懂，至後來教授退休再聚，「原來他想說以前的人很天真，你說五十年不變，我便信。」Sampson不天真，也不現實，只繼續浪漫，見證著雨傘運動和一切變化，心裡覺得悲壯多於一切。他讀過馬樹人一篇文章，若然一座城市真要陷落，到底在成就甚麼？「敦煌是曾經輝煌的城市，被人遺忘一千年，後來再重新被發現。如果香港是註定要陷落，再被人發現，現在的我們能在『牆上』畫下一些甚麼東西，記錄一些甚麼東西，給後來的人？」

他現在於演藝學院教書，但每每忙著做不同企劃，走訪香港的窿窿罅罅研究城市空間、又寫又拍記錄於專欄，也創作藝術去回應社會。這麼一來是要保留今天的香港給未來的誰回看；二來，則是想看看若要成為這時代的知識分子，自己在當下和未來的路要怎樣走——如何符合體制裡成為學者的要求，同時也能介入社會影響世界——他到今天也是矯情的。「說實在，沒有要建立甚麼社區甚麼community的理念，我最有意識的始終是『香港』這個東西。卻不是我可以為它做甚麼，而是我和它有甚麼關係。」

「社區其實是給人一個藉口去依附在一個地方。」坪輋是他的藉口，寄寓了他對香港的感情。又或許，再簡單一點，「我覺得，認識城市、進入空間，是一種超級純粹的美學和享受。現在香港人好像找不到甚麼enjoyment，其實去感受一個城市有幾正便是了。」

何子樂・六歲・

夢想是做發明家

未來的地球會很污糟，因為現在有太多人亂拋垃圾，整個海洋都會被垃圾遮蓋住。我想發明一把好大的地球風扇，可以吹走所有垃圾，一下子就能幫地球降溫。

他們手牽手走到墳場坐下。

她看見一個墓碑，上面寫著「這兒躺著我的摯愛和美麗的妻子、畢生摯友。多謝你帶給我五十年的快樂。」

女孩問：「五十年的快樂？五十年即是有多長啊？」

男孩想了想：「一百五十個學期，不包括假期。」

女孩說：「你會愛我那麼久嗎？」

男孩點點頭。

女孩說：「我不覺得你會。」

男孩說：「當然。我已經愛你愛了整整一個星期，不是嗎？」

Now we are tall,
and Christmas trees are small,
and you don't ask the time of day.

But you and I,
our love will never die,
but guess we'll cry,
come first of May.

— *First of May*

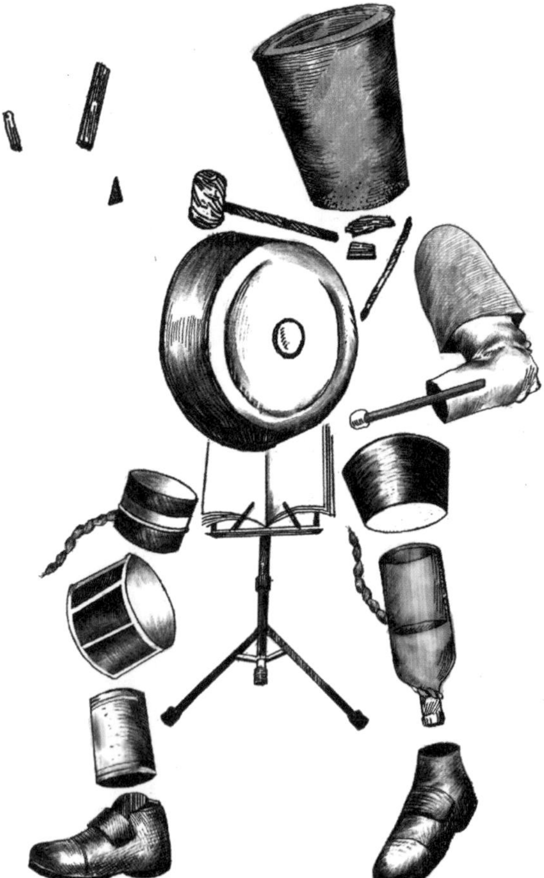

story 13

用廢物敲出未來

他們一身全黑的裝扮，帶著一堆膠樽、玻璃瓶和膠桶來到一間殘疾人士院舍。旁人可能覺得奇怪，他們是甚麼團體？環保回收組織嗎？忽然，他們拿出鼓棍，開始敲打那些在別人眼中的垃圾瓶瓶罐罐……

在他們眼中，這些「垃圾」都是敲擊樂器——他們是一個敲擊樂團。他們的演奏能輕易帶動氣氛，觀眾往往自然地跟著節拍舞動，甚至在樂團成員的邀請下一起敲擊起節奏……可是，這次在殘疾人士院舍的表演氣氛卻不似預期——即使他們如何敲擊著激烈的旋律，觀眾還是不為所動。

「試試吧！不用怕。」

在眾人鼓勵和協助下，院友終於肯拿起鼓棍敲出一個音律……只要院友對音樂有反應、肯動手拿起鼓棍敲打，這些看似簡單的動作，已經能令照顧者感到安慰。「那次經歷的互動雖然不算成功，但令我印象深刻，也受到啟發。互動是分享音樂的一個重要元素，啟發了我在樂曲編排中加入更多互動交流的空間。」Jonathan 興奮地解釋。他在環保敲擊樂團 Bombak Percussion 中負責作曲。「有一次我們到老人院表演，他們全都靜悄悄的，但只要你伸出手主動邀請他們，給他一枝鼓棍讓他盡情敲擊，他就會很開心，跟著你的節奏舞動。當有一位老人家站起來，其他人也就會陸續加入。」

Bombak Percussion 是一個二〇一五年成立、由浸會大學音樂系四位主修敲擊樂的學生組成的敲擊樂團。雖然他們的畢業屆別不同，但在校內已合作無間，後來，一個環保團體邀請他們以環保物料來製作敲擊樂器，他們發現大有可為，便順理成章繼續以環保樂隊的身份走出來。

「很多樂器，比如說小提琴，需要長時間練習，精練技術才能演奏一段成功的樂章，演奏者要與觀眾的互動也有限制，但敲擊樂門檻比較低，可以『Just for fun』，只要你肯嘗試就可以。」Jonathan 笑道。

「敲擊樂和其他樂器很不同，當然會有專業的演奏家，但同時大眾甚至連小朋友也可以很容易跟上節奏。第一步的接觸很重要，之後可以繼續慢慢認識。」另一位成員 BT 補充，「敲擊樂的可能性很大。我們的身體也可以是樂器。」

Bombak Percussion 在組團後做過資料搜集，發現以環保物料做為樂器演奏的形式，好像任何地方都總有一個團隊。香港敲擊樂隊有很多，但就是沒有類似的環保敲擊樂隊，於是他們就在這條路上一直前行。這些年來，有不少機構找他們演出，最多的自然是環保團體，幾乎一提起環保就會想到他們。其次還有老人院、學校和各類院舍，也曾試過進入各區議會活動演出，接觸不少長者和小朋友。

「小朋友很有創意，他們可能會用我們想不到的方法來使用一件樂器。有小朋友拿起一樣東西隨手就扔，或者用玻璃瓶打玻璃瓶。大人只會擔心打破而不敢嘗試，但他們就天不怕地不怕。」Jonathan 笑道。Bombak Percussion 演奏的主要是原創音樂，但為了增加觀眾共鳴，負責作曲的 Jonathan 有時會加入大家熟悉的旋律，例如孖寶兄弟、多啦A夢，甚至小鳳姐，希望讓平常少接觸敲擊樂的人也能會心微笑。「希望大家可以物盡其用，拿起一件物件時多想一點——那東西不一定是垃圾。我們用不同物料拼奏出聲音，大家也能認真想一想身邊沒有用的東西還有沒有其他出路。」

我們都知道，敲擊注入不同水量的玻璃樽會有不同聲音，原來將不同份量的空氣注入膠樽，也可以產生同類效果。Jonathan 提到，他們曾經試用一個削皮刨來做樂器——如果不嘗試，你又怎知道除了削皮刨絲，削皮刨還能夠成為樂器？

Bombak團隊一向各司其職，除了作曲的Jonathan外，Joey和卓子分別負責統籌和研發：每次出外表演總要帶上大大小小不同樂器，那時候便需要Joey細心留意有沒有遺漏；構想中的各種新樂器也要能實際做得出來才行，所以需要卓子負責技術支援和研發，將想像中的樂器帶到現實世界。而BT則猶如團隊的大腦，負責聯絡外界和構思更遠的計劃。

「我們很想將Bombak的理念發展下去，例如找其他本地樂手一起以環保樂器演出，發揮比我們四個人更大的力量。」BT強調，「環保很值得我們關注。以前會疑惑，為甚麼香港沒有同類型的環保音樂團體？是因為有實際限制做不到嗎？但如果不走出第一步，怎會有下一步。」一步一步走來，就成為了現在的Bombak。BT續道：「我們有機會享受現有資源，但下一代可能就不會再有這些資源了。我們全部人都有責任，不是每一樣事物都是『Take it for granted』。」

「我們需要有意識地去思考自己和身邊事物的關係。」Jonathan補充：「在這個工業社會，好像每樣東西都和我們無關，視為商品，但其實不是，世上每樣東西都有來源，都和我們有密切關係。」

環保和音樂，是他們一直以來關心的重點，Bombak透過膠樽、玻璃瓶、膠桶甚至垃圾桶敲擊出來的音樂，一步一步喚醒了現代人的環保意識，讓我們這一代人逐漸關心環境，從而為下一代構築一個更好的未來。

「如果可以問未來的自己一個問題，我很想問：『你覺得自己對世界有甚麼影響？』」Jonathan說。對他而言，所謂的影響未必是指「世界和平」那麼宏大，也可以是指究竟有甚麼事情是他在生活中投入過的。對BT而言，她更希望由未來的自己對當下的自己說一句話：

「幸好你當初行了這一步，於是才會有未來的那一步。」

文●黃宇恒

我想像中的未來，不會再有環保這一回事。未來不會再有我們今天用來做樂器的垃圾出現，不會再有玻璃瓶，不會再有垃圾桶，也不會再有鐵罐……我們會有一種新形態的生活模式，比現在更方便，不需要再棄置垃圾，「環保」也要絕種。

Jonathon

在未來，按現在的趨勢，地球這個家修補的進度追不上被破壞的速度，但，我很相信這個世界只要一日仍有愛的存在，人類仍然未需要講「Bye Bye」。人總會在困難衝過來的時候，找到千百萬種方法去創造很多可能性，去延長這個家的壽命。未來，我想像會有很多與現在不同的生活方式，好像電影那麼高科技、那麼 Cyber；但當所有資源差不多耗盡那刻，我們的生活會得到啟發，重歸簡約，讓這個家 Reborn、Reunite，然後 Restart。」

BT

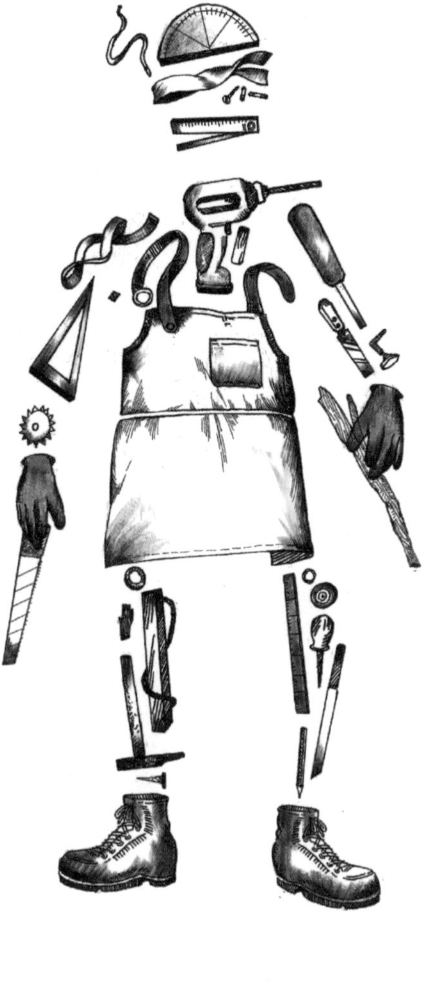

木獨個性

story 14

「希望你們明白，鋸實在太危險了，校方不可以讓全部學生使用……要不……我們找幾位技巧好的學生，讓他們試一下？」近幾年他們經常到不同學校教授木工，學校有很多不同要求他們都盡可能滿足，但做木工不可以用鋸，那要怎樣教？後來，還知道那學校連鎅刀也不准用……

不可以全部人都用鋸，那就全部人都不用鋸，於是他們只好讓學生用膠水將木頭組合成機械人，勉強舉辦了一次不算完整的木工課。

「那種病態真的令我印象很深刻。」阿帥感嘆：「不理解當然會害怕，但如果從沒開始，那些小朋友做了大人後仍然會害怕。」阿東補充：「工具其實不可怕，只是制度縮窄了大家的想像。」「沒試過的話就永遠不會試。連大人看到我們的工具也會害怕，好像碰到就會爆炸，但用過便會發現不是想像中那麼危險。」可樂說。

阿帥、阿東和可樂三位「少年」相識多年，於二〇一三年組成「木碎好少年」，自認為「藝術家／藝術工作者」堅持創作純藝術，卻不知不覺由做自己作品，開始舉辦以大人為目標的工作坊，再到現在教授小朋友各種 STEM 課程和暑期班，變成充滿童真和愛心的「社區環保木工團隊」。

「標籤這件事本身就是錯。」可樂說，「但被人標籤也沒辦法，你們說是甚麼就是甚麼吧。」

木碎好少年坦言，當初原意不是環保，只是因為沒有錢才要找免費素材創作，而社區正有大量廢棄木材如紅酒箱、斷木供他們使用。不斷使用「木碎」創作，讓他們成為很多人眼中的環保木工團體，只可說是無心插柳柳成蔭。正如他們本來只打算教授成人木工課程而沒想過教小朋友木工班，只不過因為很多小朋友想買玩具卻沒有錢，他們便試著用木去製造陀螺等玩具，結果讓他們被定性為「兒童向」木工團體，陸續被邀請舉辦更多青少年工作坊。

「有一群第一城的夜青，令我印象特別深刻。」阿帥說，「他們一直很想學習木工，但又不喜歡學校教育，不想去學校正式上課，直到遇上我們的工作坊才嘗試到木工學習。我覺得學校制度限制了他們的能力。」

「在手作中，我們可以看到學生第二面。」可樂笑道：「很多學生成績很差，但木工技巧很好。學校制度太死板，滿足不到所有人，幸好有些學生早就明白學校不適合自己，一早便有自己的理想。」可樂和阿帥都笑言自己過去都是在學校成績「包尾」的人，現在他們在藝術和木工的世界找到了自己的路。

木頭的生命

「木頭有性格。」可樂說：「木不可以做得太薄，太薄很容易破掉。物料有它的限制，但這種限制很重要，它可以帶領你走，跟從自然反而更加『正』。」可樂形容這是一場「自己和物料的拉扯」。他相信創作的神奇在於不足和偶遇，也在於「想到和想不到中間」，由物料帶領下完成的無意識作品才是藝術。阿東補充：「木很多變，它有生命、會變化，例如濕度和陽光都可以影響木質。木工技術來來去去差不多，但每一塊木頭都不一樣。」

「木很實在，可以反映創作者。」阿帥指：「技術真的那麼重要？日本有一間寺廟直接將一棵樹的樹幹，不加修飾原原本本拿來做柱，工匠甚至還按照它原本向陽的一方來安放這條木柱，務求還原它本來的生活環境。那木柱數百年來都沒有變壞，那就是匠心。」好的素材不需要下太多工夫，只要直接呈現在觀者眼前已是絕佳的藝術。「技術很短暫，觀察才能長久。」阿帥說。技術可以研習，但如何選取好的素材，需要慢慢花時間觀察，繼而建立觀念。

「建立觀念比單純學習技術重要，如果手勢錯、用錯力，無論怎樣練習都會錯下去。當然開班教學只得數小時，只能教些基本工夫，但每次上課我們都可以滲透些想法給學生，讓他們有個入門機會。」可樂說。所謂的觀念不一定在木工，還可以是日常生活，阿東甚至認為：「不用教他們甚麼大道理，小事做好已經很好。試過有小朋友連鞋帶也不懂綁，但在我課上一定要學好。起碼要有自理能力，能做個好人就夠。」

木碎好少年三位成員在木碎以外，還有不少風格迥異的獨立創作，例如可樂的陶瓷和書法、阿東使用木以外素材的創作，以及阿帥的石雕塑。阿東笑言，就算是過去籌辦木碎展覽時，也比較像三位獨立創作人的聯展。和而不同、風格多變，都是木碎好少年的特點，但無論如何，木工仍會一直將他們連結下去。

「如果未來的自己有機會和現在的自己說一句話，我希望是『放鬆點吧』。」可樂笑道。「現在有太多追求，有好多事情想做。很多事情都有可能性，最重要的反而是平常心。」

可樂的想法比其他人長遠，他相信教育絕非是三個人就能做好的事，最理想是將木碎變成精神，將課程製成教材供學校老師應用，才可以發揮多過三個人的力量。可樂笑言：「如果獵頭公司出一千萬收購木碎好少年，你賣不賣？」

「不賣。」阿帥斬釘截鐵地說。「始終這份友情很珍貴。由同班同學到現在開了自己的工作室，需要很幸運才能走到這一步。現在我們可以有時間一起打球一起工作，這種生活，希望十年後都能維持。如果未來的自己有機會和現在的自己說一句話，我會說：『我是木碎好少年阿帥，多多指教』。」與其想得遠，不如維持初心，堅持和珍惜自己當下一直做的事。

「我想對自己說：『要繼續不怕蠢』。」阿東說，「蠢不一定是貶義。香港人經常怕做錯事被人恥笑，其實生存到又開心就行了。可以說我們擇善固執吧。」阿帥補充指：「我們在別人眼中的蠢，其實是甚麼都夠膽做，遇到困難也不怕。不怕嘗試，行動力最重要。」

木碎好少年相信，能夠將木碎理念放在日常生活和作品中最好。他們在別人眼中可能很「蠢」，走的路和別人不太一樣，但可樂笑言：「我們就是例子。我們先做了，其他人便會明白這條路也行得通。」

文●黃宇恒

J.Y 201908

在未來，很多現有的工種將會被AI取代，人的價值觀隨著訊息傳遞的速度而變得更病態，這種病態會慢慢地、悄悄地被擴散，因此，我們需要有強烈的自覺，控制自己與科技間的距離，每天叮嚀自己，與科技間的安全距離。

木工與藝術品的製作和工序，已經能被很多科學技術與機械取代，如以機器切割木頭以取代人手，結合機械與程式編排的作品也好像成為了潮流，但這可不是我杯茶。我認為之所以稱之為「人性」，是就不管人的技術訓練到何種程度，也躲不過犯錯偏差，這也是為何藝術、木工和雕塑如此吸引我的地方，作品上的人性成為了它們存在的價值，而不斷創作、練習、犯錯和修補，正是構成我的存在。

↑ Joanne Wu → p.202

張傲山．五歲．

未來想駕駛汽車

以後科技會好發達，全部是無人駕駛的汽車，
我要做控制無人駕駛汽車的人，
可以同一時間開出十架車。

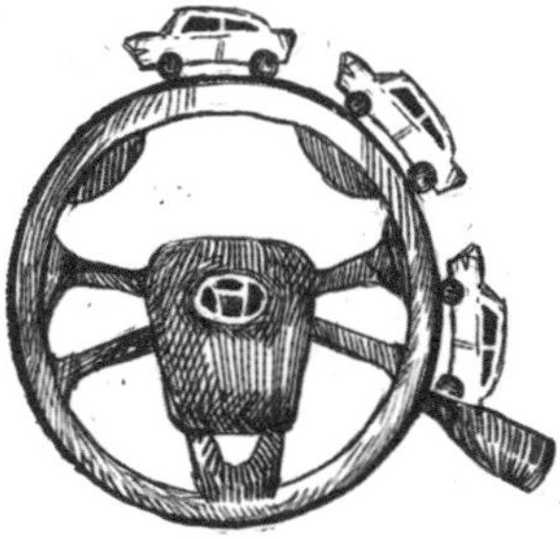

LETTING

放開手

我們沒有辦法永遠擺脫現實，
有時只需放開緊握的手便能飄浮在另一片天。
只要我們心有不甘，心中有想，
便能找到方法應付所有現實。

GO

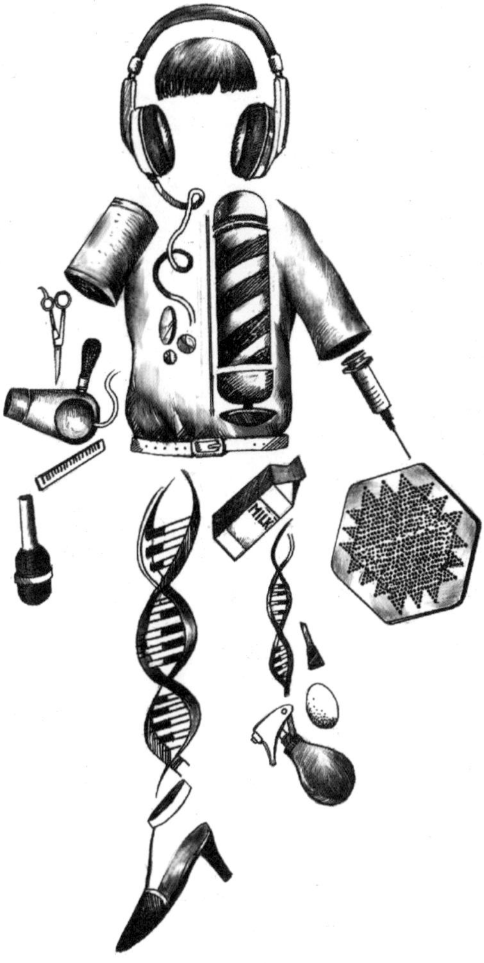
MILK

形態不再重要

余淑培

story 15

這一刻，她是走在台灣金馬獎紅地毯的女演員；下一刻，她是時裝品牌模特兒；再下一刻，她是以自己乳房和陰道創作的藝術家……她是余淑培（Bobby Pui），同時擁有演員、模特兒和藝術家三重身份。

Bobby過去主要關注身體政治，特別是女性身體相關議題，她強調自己的出發點不完全是女性主義，只是想透過創作理解世界和身體。畢業後，她的創作方向漸漸由「女性身體」轉移到「身體」，不再局限於女性，是因為她相信未來的女性議題只會比現在更分散。

在未來，性別不會再單一，甚至不只有男、女、跨性別和雙性人那麼少……Bobby向來相信性別是流動的，就好像同樣有牛奶、砂糖和雞蛋，有人做蛋糕，有人卻可以用來焗曲奇或梳乎厘，而這種流動在未來將會更明顯。當她明白了這一點，她的創作主題便由女性身體跨越到更大、更純粹的身體。

「近來我對基因工程很感興趣。」她突然跳脫地說。自從讀畢《人類大歷史》後，Bobby 開始對基因工程產生興趣。「基因工程可以實踐我們對自己身體的想像，讓我們超越自己的軀殼。」整容技術最初是為了讓因意外而毀容的人復原，但當滿足了醫療用途後，整容技術便悄悄走入消費市場。她相信基因工程的發展過程將和整容相近，當我們有能力運用基因工程消除疾病和隱患，下一步便會走入消費市場，將人類的身體修改得更「完美」，但這種完美卻可能如「罐頭」一樣，每人追求的都非常相近。「我經常和一位在瑞典讀博士的科學家朋友討論，他告訴我，有很多基因改造技術實際上已經做到了，只是一直未公布。」而二〇一八年內地科學家賀建奎公開基因改造嬰兒實驗引起世界嘩然，掀起無數倫理和道德爭議的同時，也加速了整個基因改造界別的發展。

Bobby 認為，大眾不得不開始關注基因工程。她一直推遲個人展覽，是因為覺得展覽已經不再是創作的必然手法：她覺得媒介有限制，不可以只循單一方向創作，所以最近她在寫關於基因的小說。她希望放下藝術的固有形式，讓大眾更理解基因改造這個影響全世界的切身議題，同時打破社會上既有的規範。

「從前社會對器官捐贈非常抗拒。」一直以來，一般人認為心臟停頓才算死亡，但大多捐贈的器官卻是來自腦幹死亡但心臟及其他器官仍能運作的人，自然難以被家屬接受。或許是因為喪屍片的出現，讓大家明白原來無意識是如此恐怖，甚至死亡會將人同化，才漸漸影響大眾的觀念。Bobby 相信，創作的力量足夠改變社會，足以影響我們如何理解世界。

「藝術家就像預言家。」她說。創作就是藝術家對未來的想像，讓觀眾得以從中反思當下社會。「就好像《1984》反映了中國現況；杜象（Marcel Duchamp）的「噴泉」預視了今天的藝術界一樣。」Bobby 認為，「藝術家不可以刻意呈現太差的意念，但過於美好的想像也可能害了人。」

Bobby 預言，社會發展節奏太快，人類很快有機會徹底改變自己的身體，但是當人類有能力做出選擇時，會做出怎樣的選擇？「選擇不作惡，是很困難的事」。Bobby 有關基因的創作項目名叫「基因髮廊」，她覺得髮廊是一個奇怪的場景：無論髮型師將你的頭髮剪得多奇怪，但當你身處髮廊，都會覺得自己的髮型很漂亮。

她相信在未來的「基因髮廊」中，最貴的選項是「變成光」：「完全放棄形體，成為一道光、一道能量。」對 Bobby 而言，雖然她有興趣變成光，但還是想保留自己的身體：「我經常覺得自己的身體好像是借回來的，不是 100% 屬於我自己。」她相信「心物二元論」，認為身體給予她很多有別於自己的感覺，要探討身體的問題還是要擁有身體才行，因此就算各種基因改造技術都能實現，她還是可以選擇甚麼都不改變。

Booby 未來兩年將於挪威升讀碩士課程，並在當地繼續她有關基因的創作項目。她笑言過去一直在學院學習，畢業後在沒有規範的環境下創作反而最開心，質疑學院的她，卻又矛盾地決定回去讀書。她期望挪威和香港不同，可以影響自己對事情的看法，同時讓她有更多時間好好思考，在北歐安靜的環境下「修行」：「在香港創作其實很受苦，但在外國不需要這樣。在挪威讀書，可以讓自己重整一下超現實的生活。」

Bobby 相信，無論站在哪一個高度都要保持誠實，因為創作要坦誠，要誠實面對自己的錯誤。她的創作在不少人眼中很偏鋒，她說自己甚至被創作啟發了：「當我不覺得那些敏感議題羞恥時，做人其實輕鬆了很多。」即使 Bobby 的家人難以理解她的創作，她也堅持要與家人分享想法，與家人坦誠相對。

「無論是未來的自己對現在的自己說一句話，或是現在的自己對未來的自己說一句話，都只會是同一句話：『保持誠實』。」

程栩兒・八歲・

夢想當時裝設計師

如果我對著鏡子，腦裡想著一套衫或一條裙，鏡子就能馬上把它設計出來，變成實物穿在我身上，那就太好了。

未來我們很容易就能改變自己或物件原本的物理形式。在街上會有髮廊讓人透過基因工程來改變身體，就好像買衣服一樣容易；同時所有餐廳標榜食材絕無基因改造，保證食客可以食得安全和健康；當你在展覽的開幕禮時，你身邊的人可能是一條鼻涕蟲，或是一位早已死去的名人，形態上是甚麼樣子都不重要，因你可以輕易辨認到他們是你的朋友或者上司。我們不會再以種族、背景、樣子來辨認一個人，我們可以直接看到人的靈魂。

3-LEGGED TOMATO
Plant WITH CASTERS
Glow IN THE DARK
Pepper THE ANGEL
GENE SALON
YOU CAN BE WHATEVER YOU WANT

story 16

我們不必和別人一樣

植凱英

「每個人都有些想法吧？特別是一些與眾不同，瘋狂大膽的想法，你會如何處置它？把它放進冰格冷藏？埋藏在寶盒裡？到書店找一本叫做《如果你有一個想法》的繪本，挑間咖啡店，靜靜坐下來，翻開這本書，你的世界可能就不一樣了。」

舞室裡有十四個小學生。其中三個女生站在藤圈內，她們隨意挪動著身體，好讓圈外的「群眾」模仿。群眾模仿誰，是個人選擇。他或她也可以中途轉線，總之，愛跟誰就跟誰。遊戲規矩簡單清晰。

舞室開始升溫。各人跟隨自己的領袖搖擺、跳躍、扭動、伸展。遠處突然傳來一把聲音，「我們可以想想，為甚麼要選擇跟從這人？是因為他的動作好看？易做？有趣？具挑戰性？」

一段時間過後。藤圈裡其中一個女孩累攤在地上，圈外有著同樣感覺的群眾紛紛隨之躺下休息。整個世界彷彿都睡著了，只有圈內另外兩個領袖依然在手舞足蹈。

主流形成了，非主流感覺受壓。還在跳動的領袖們有點尷尬，其中一個身子愈來愈低，像醉酒鬼。只餘下一個堅持在圈裡彈跳，猶如聲嘶力竭的孤獨戰士。

「其實，你有能力改變這個世界。」一把溫柔而堅定的聲音，像仙女般往「戰士」及「酒鬼」身上撒下魔法粉塵。「戰士」忽然回過神來，像大力水手吞了一罐大力菜，愈跳愈起勁，先是帶動「酒鬼」回勇，接著是圈外的群眾，像一顆顆小小的橡皮球愈彈愈高。最後幾乎是全場在拍手起舞。

聲音的主人也被這場面震懾了。

當小月老師的這些年，就是為著讓別人回歸自己的身體，尋回那單純的力量。像這堂律動課，動身體的背後，是想傳遞一個重要的訊息：每個人都是獨特的，我們要學會接納自己，也尊重彼此不同。

這是人生路上的護身符。對孩子而言，尤是。因為感覺不安全，我們總是竭力隱藏自己的不一樣。像戰場上的士兵，大家都害怕只要稍微探出頭來，就會被炸得腦袋開花。於是，城市裡的人愈來愈像樣，雖然一樣米應該養百樣人。

我有我感受

「我想孩子勇敢做自己，這是做人的第一步。」植凱英說。甜美的嗓子總是伴隨著一雙月亮眼及西瓜嘴傳送過來。這是「小月老師」名字的由來嗎？土生土長的香港人，當然清楚倒模式填鴨帶來的破壞力。小時習舞，也是很典型的「一二三四五六七八提腿轉圈」，講求整體性，腿要抬得一樣高，手要一樣曲，上台表演時才會得到如雷掌聲。直至後來她到加拿大西門菲沙大學的當代藝術學院主修舞蹈，看見來自世界各地的同學，才發現新世界。

「有同學的身形是我的三倍，跳功很了得；有同學的腿很長，但擺動自如。而我，則是全班最細粒的，卻練得一身腹肌，男人般的身形，不好看，但跳得高，平衡力很好。人人都深信 everyone can dance。只是後來回香港演藝學院唸碩士，發現所有跳舞的人都是頭細身細的，沒半點多餘脂肪，像倒模一樣。我們的世界很單一，社會不應如此。」小月如是說。

她輾轉到了台灣，在「雲門舞集舞蹈教室」受訓，學習用律動課引領孩子認識身體、了解自我、連結他人，自覺找對了土壤，就一頭栽進去。

「要令小孩開心不難，但要讓他們對身邊的事物有感覺，那就不容易了。雖然這本應是小孩與生俱來的本領，他們擅於發現，喜愛研究，只是現在大家都太忙而已。」

她不只帶孩子動身體，還會跟她們一起觀察別人的動態。她帶小學生到街上觀察，看行人的走路方式，這個人是怎樣行路的？為甚麼走得這麼急？他趕著去做甚麼呢？然後，她會和孩子一起嘗試用不同的方式走路，感受不同的狀態。

「最後我會問他們，你最喜歡哪一款？我要讓孩子知道，你的熊掌可能是我的砒霜，即使是同一件事，我們的感覺可以很不一樣。經歷了這堂課，我深信孩子日後走在街上，會多點觀察，多點揣摩，多點感受，這樣子看世界，感覺就不一樣了。」

如果說同理心是拯救世界的良藥，這堂課也許就是製藥工場了。

打開身體　敞開心扉

小月老師的課堂有不同元素，音樂、繪本、視藝、戲劇……不論何種媒介，最後都回歸身體。有時候，孩子會一起扮動物遊走、有時會模仿樹葉飄落的狀態、有時更會把手手腳腳化身成毛筆在空氣中書寫。

「請你用自己的方法出發！」

「噢，真的每個小朋友都不一樣呀！」

「我們沒必要跟別人一模一樣。」

無論課堂玩的是甚麼，總會聽到小月老師如是說。她深信，身心的開關來自同一按鈕，只要讓孩子從容做自己，任他隨性舞動身體，心也就會隨之而打開。聽來好像很神奇，但其實你我都不陌生。當我們碰見自己不喜歡的人時，會自然地蜷縮身體，務求身心都與對方保持距離；相反，當我們到好友家作客，自然會像回到家裡一樣，身心都坦蕩蕩。

「就是這樣，所以要讓人打開心扉，先要讓他感覺安全。」而安全感，往往來自別人的包容和接納。

她想起了一個愛搗蛋的小男生。

為了吸引別人注意，他常常做些惹人生厭的行為，律動課上的同學都不喜歡他。有天，小月講了一個關於大樹與四季的故事，故事是這樣的：

春天，大樹長得好美！小狗、貓兒、兔子、松鼠等小動物都跑來親近它，但大樹覺得很煩厭，一點兒也不享受。夏天，天氣悶熱，大樹就更不耐煩了，它發了一場大大的、兇兇的脾氣，把身旁的小動物統統趕走了。秋天，樹葉一片一片地落下來，大樹看來有點寂寞。冬天，空氣變得好冷好冷，大樹光禿禿的，孤單得快要掉下淚來了……

聽到這裡，小男生哭了。他說，他自己就是那棵嚇走小動物的大樹。小月擁著他耳語，春天終究會回來啊！其他扮演小動物的同學們，都跑過來給小男生一個大大的擁抱。

後來小男生悄悄地告訴小月，他媽媽進醫院了，爸爸又不知道往哪裡跑了。這秘密他藏在心裡好久，連學校老師都不知道……

當你身處一個有選擇的空間，你自然會跟自己對話，也更願意表達。「一個小朋友如果願意表達，你就不用擔心他了，因為他絕不會輕言放棄自己。」小月笑說。「孩子信任我，是因為我容讓他們做自己。」

「如果你問我律動課教的是甚麼，我會說，其實是在塑造一個人，一個有感覺、有感受，喜歡和自己相處的人。我把課堂重心放在『不一樣』，是很想他們可以透過認識自己的身體，從而了解個人的特質、喜惡、強弱等，勇敢做自己。這是做人的地基，這地基要是夠穩固，孩子將來面對自己和別人都不成問題。他會曉得為自己找一條合適的路，明白事情有很多可能性，這個內在的 power 很堅固，可以守護人生。」

身體遊樂場

每天都與無數人擦身而過，你感覺到他們嗎？小月經常想像這樣一個畫面。

擠得連空氣都容不下似的港鐵車廂裡，乘客都是專業舞者，以自己獨有的節奏，配合著其他舞者在空間裡舞動。眾人專注於自己的呼吸，同時留意身邊事物的舉動，以確保不會撞倒別人。狹小的車廂，擠迫卻和諧。

「很美，是因為大家眼裡都有別人。」而重點是，那個「別人」有血有肉，而非在

WhatsApp、facebook、instagam 裡的虛擬朋友。「科技讓我們錯過太多。」

她為她的課堂起了一個有血有肉的名字——「身體遊樂場」。

「遊樂場，應該每個人都去過。它帶給你快樂，同時有機會讓你流血受傷。遊樂場充滿創意，可以有千萬種玩法，它也會跟隨時代而演變。你會在那裡碰上陌生人，學習社交，鍛煉心智。你會累，卻想一直一直玩下去。你可以站得高高的，也可以旋轉看世界，它總給你不一樣的視野。每個人都有屬於自己的遊樂場，有的愛彈跳、有的愛攀爬、有的愛追逐。但它們有一個共通點，就是若然沒人『光顧』，它是會生鏽的，所以我們不要擱著它不理。」

你有多久沒到訪自己的「遊樂場」了？

文●陳琴詩

406

未來的時空概念超越我們想像，人們不再以一天廿四小時、一周七天、一年三百六十五日的規律去運作，我們可自由遊走於外太空，喜歡到火星就到火星，愛上月球便上月球。那是一個鳥語花香的世界，人類不再單靠言語溝通，五官異常發達，我們開始懂得用身體感應別人。有些人甚至長出了翅膀、有些則能在水底生活、有些甚至有穿越樹木的本領，人類不再單純用自己的視點看事情……世界變安靜了，但關係比從前親密。

↑ Moses IU Heilun → p.202

Sonia Ho・六歲・

夢想做生態研究員

想做研究雀仔的人，未來的世界會有好多好多雀仔。

story 17

當孤單可以被治癒

謝敏如

「某年冬天 我被誕生」

謝敏如（Pearl）兩年前寫了一本書，說的是自己的故事，也是因學生自殺潮而寫。「被誕生」，是書的序幕。

書的緣起，是她過去幾年修讀了關於以體感治療心理創傷的專業訓練課程（Somatic approach）。有一個練習，導師把走廊分成一個卵子受精前的十五個階段——受精前，即一切仍然是細胞時，原來有十五個階段。她和同學們要踏上那條路，沿著每個階段向前走，感受自己的身體有甚麼反應，連繫自己還沒出生前的狀態。第一個階段就是細胞開始存在的時候。

Pearl 正要踏出第一步，身體卻突然僵硬，手和腳麻痹了。其他同學一個個向前走，她仍然走不動。她知道要跳出那個狀態很容易，用意志便可以強行走下去，但如果相信身體是最能反映一切的話，她只好靜止。順應身體。

所有人都走完了，導師慢慢踏出來。她看著導師的身影，流下眼淚。才知道，如果每個人的人生都會經歷創傷的話，她的第一個創傷就是自己還是細胞時已發生了——她根本沒預備好要來到這世上——「被誕生」。後來在輔導工作中接觸到更多不開心的年輕人，驚覺這大概是他們與父母爭執時的心聲：「是你生我出來的！」

一場連結身體和心理創傷的練習，Pearl終於明白為甚麼自己的童年一直那麼古怪。從不和世界相連，不和任何人結伴，別人長大後憶記兒時看過的卡通片，她通通沒印象沒感覺。她記得的是自己永遠靜靜觀察世界，但對一切沒感覺。最極端的對抗是，當她看過戰爭紀錄片，知道人在戰爭時窮得沒東西吃，便乾脆練習不吃，「不用吃東西，便不怕沒東西吃！」讀完教育學院卻不要做正規學校的老師，而去女童院教書。「主流從來和我不合襯。」她的人生不冷不熱，只想快快走完一生。

孤獨，她知道那是一種很有意識的孤獨。她不想來到世上，卻被困於世上，無人明白自己，「我只有自己，但我慶幸我有自己。因為愛自己，我不會自殺。」她說得很確定。因為後來的她發現，有些想尋死的人，是因為失去了自己而感覺一種無盡的孤單，甚至覺得生無可戀。她的書名叫《我不要在孤單中死去》。

用一雙手，將孤單搓出一舊泥

幾年前，在英國獨居的姑媽自殺。那已經不是Pearl第一次面對親友自殺。記得自己半年前才剛探望姑媽，當時她還說「退一步海闊天空」，似已看透世事。她不怕死亡這回事，小時候當大人們都害怕死亡時，她會特地打開一些新聞報道中的屍體照片，定睛細看，想測試自己是不是真的不怕。後來當然知道，大人們除了害怕死亡本身，也是害怕離別的痛。但對於自殺，她更多的是想接觸每個人背後的孤單感。姑媽是用刀插在自己身上的，那份絕望到底有多深？

「如果每個人都察覺自己的情緒、了解自己想要甚麼，為自己的人生做自己認為最好的選擇，便不會被世界的期望或自身的恐懼拖垮。我希望我們的社會可以person-centered。」世界有限制，但我們也可以在限制內過自己最想過的人生。

自小選擇孤獨的她，一步步透過藝術和體感治療模式重新連接世界。「說話用邏輯，有時不足以表達內心的情感。但藝術是用另一種思維。」

她成為了一個表達藝術治療工作者。

她記得有次在訓練營，學習透過搓泥釋放自己的情緒時，收到通知一個病人差不多要離世，她猶豫著要不要到醫院見他最後一面……她繼續搓泥，把自己和他的經歷不斷以手滲進泥中。泥的形態，漸漸變成一隻手，「再見了。」她「聽見」那隻手，好像圓滿了自己和他的道別。慢慢，她也聽見了自己更多的聲音，原來自己執著要見病人最後一面，更多是為滿足自己渴望被需要的感覺。一聲道別，對當時的她來說未必重要。「一件作品，又讓我重新連結自己最內心的感受。」藝術的療效，不能言喻。

她開始在街上攤開偌大的畫布，邀請人在上面畫畫。可能是學生，可能是成年人，但畫布一定要大。「身體有記憶，所有經歷及所引發的情緒感受會儲存在身體裡。」人們幾乎要舞動著身體來畫畫，透過自由的表達和創作抒發內在的情感。她有時會叫人由畫像引發聲音，也讓人搓泥，把心裡的感受捏成一種可見的形態。由一種藝術媒介引發另一種藝術的形態，以不同形式來創作，才能更盡情表達說極說不清的情緒和感受。

但這些年，她都有個堅持，沒有去註冊成為專業表達藝術治療師，「我是一個表達藝術治療工作者。專業不一定要成為霸權。」

擁有碩士學歷，也修畢三年正統認可的表達藝術治療課程，有足夠的臨床經驗時數，但她不要把自己的專業成為一種權威的東西，更不喜歡去「治療」被標籤的「病人」或「個案」。她以自由工作者的身份遊走不同社區，和不同團體或機構合作，把不同藝術自由創作的可能性帶到不同地方或群體中，就是想人知道，縱使你只有一支筆、一張紙，只要你願意誠實去面對自己，並盡情讓自己創作和表達，便是給自己的一種「治療」，或是自我照顧。「不一定要用clinical setting，不一定是治療師與病人的關係。我陪你經歷過如何在藝術創作過程中得到療效，之後你也可以自己去做。」

後來又一次，她搞了個讓人與人真正共融的「跳舞」工作坊——是她從外國學來的DanceAbility® 舞動所能，「just an art, not a therapy.」——也是如此說。當中一個參加者，撐著枴杖；另一個參加者，有小兒痲痹症……音樂一起，每個人可以隨意跟著自己的身體節奏去舞動。每兩個人走在一起，傷殘的她和健全的他跳著雙人舞，他不用遷就，她不用勉強，因為這裡沒有照顧和被照顧的需要。每個人只要聽從身體，隨意舞動，舞伴便會配合，跳出美麗的雙人舞。

「Dancibility 是 mixibility，我們不可以改變或令殘疾變成健全，但我們都有選擇如何跳的權利，令所有人達到真正的共融。」拿著枴杖的她，已放下了枴杖，自由在跳；有小兒痲痺症的她，也忘記了腳患，隨心而跳。這兒有甚麼專家嗎？沒有。這兒的人是藝術家嗎？都不是……但以藝術表達自己，可不可變成一件日常事？

剛過去的新學年，她在中學嘗試與視藝科老師合作，開放視藝科教室，讓學生有空間和自由去參與屬於自己、回應自己情感的藝術創作。「專業知識應該是要讓人生活得更好，而並非去製造更多的專家銜頭和更多的標籤。我相信打造 therapeutic 的普及藝術空間，鼓勵大家透過藝術創作去享受去探索去在意自己更多，總好過讓事情壞透了才去找專家做 therapy。」

「讓每個人從表達創作中尋回自己，才會找到真正的自由。」

文●陳筠而

如果未來可以有一種真正的共融：世上的人可能有著千奇百怪的形態、外表，可能有些頭很大的，可能有些不能走路，可能有些是快樂的，可能有些是不快樂的，但每個人站在同一個空間裡，無分高低，沒有甚麼正常不正常，每個人都可以優雅地展現自己的姿態。

從另一個視點看自己

張傑邦

story 18

「我喜愛用影像去『玩』。」張傑邦說。

他說人生第一個記憶裡的影像隱約是在母親的肚子裡，在出世之前。他看見音樂盒黑色的影子在母親的肚皮上，茶樓裡吵鬧的聲音包圍著他。長大後，父母說他們常在母親的肚皮上播音樂。

愛上影像，是由父親播他的嬰孩片段開始。在電視熒光幕上，小小的他首次在熒幕上看到更小的自己，曾經那樣趣怪的模樣，不禁哈哈大笑。原來，影像即使已過去，也能夠被記錄下來，重播快樂的時刻，將過去的快樂帶到當下。

「我很在意回憶這東西。」阿邦笑道，朋友們都叫他做記憶小子，因為他記得多大大小小的事情發生在何時何地。因為在乎，所以他喜愛將回憶記錄下來。

記錄影像送給自己是他從小到大尋找快樂的方法。

除了影像，他也愛唱歌。小學時參加兒童合唱團，結識了一群好友，一起唱歌一起長大，也一起從他記錄的影像中獲得很多歡樂。因為他們，他買了第一部手提攝錄機。那是一九九九年的夏天，還是小學生的他跟隨兒童合唱團到外地表演，嚷著要買攝錄機去拍下這次難得的外地表演，母親最後買給他。從那時起，他開始記錄了大大小小跟好朋友一起的無聊事，在離島上的旅行、傻瓜般扮明星唱歌、無厘頭的對話……一一用那小小的手提攝錄機記下來。那時候沒有社交網站，拍下的影像都是為了娛樂自己，不用和別人分享，也不需要別人的理解和欣賞。他就那樣單純地與影像玩遊戲，令自己快樂。

從這端逃去那端

十五歲那年，他去澳洲讀書。一個人前往陌生的國度，並不是他自己的決定。即使非常不情願，還是要硬著頭皮起行。記得一步入學校宿舍的房間，兩個熱情的室友立即雀躍地跟他說話，一個是頂著一頭卷髮的黑皮膚男生，另一個是掛著熱情笑臉的智利男孩。但是他一直不敢直視對方，他深怕不流利的英文會被取笑。他更加不懂表達，心裡裝著滿滿的恐懼，以及對家的思念。

在澳洲的日子，他經常要寄人籬下，上學時住宿舍，放假時就要搬到寄宿家庭，總擔心自己會造成麻煩影響別人，哪怕只是輕輕的腳步聲。寧靜的晚上，他總避免產生聲響，有時無可避免地要上廁所，便小心翼翼地從睡房一步一步慢慢走到廁所，幾乎是踮著腳尖，甚至足足花了十五分鐘慢慢扭開睡房的門柄，就是深怕微弱的開門聲吵醒同住的人。他花盡氣力去做一個不會打擾別人、令人快樂的角色，強裝的快樂原來正慢慢侵蝕著真正的自己。

「你怎麼看起來那麼傷心？」室友走上前問他。

「現在不開心，放假回到香港就可以盡情地開心了。」他根本看不到自己的臉。那時候他總是一臉呆滯和悲傷，心不在焉，每天都數算著回香港放暑假的日子。

不知從哪天起，他開始出現幻覺，感覺自己的身體和生活不受自己控制，像站在一個熒幕前看著另一個自己在生活，上學、吃飯、跟別人談天……一切都像在被拍攝中。他的身體真實地生活著，內在的自己卻跟現實脫離了。他經常出現感到額頭被按壓著的幻覺，渾身不舒服，長期處於焦慮的狀態。整個世界變得不真實，他確實地生活著，卻感覺不到自己的存在。真正的自己在哪裡？為何無法控制自己的身體？

他對這奇怪狀況毫無頭緒。終於等到期盼已久的假期，家人帶著他去看醫生，心理醫生、精神科、腦科……全都各有答案。最後，他發現自己原來患上了「人格解體」這精神疾病

（Depersonalisation Disorder），自我意識脫離了肉體，感覺不到現實的存在。

他一直刻意滿足別人，令別人快樂，忽略自己的感受，讓真實的自己愈縮愈小，甚至消失了。那時候的他即使回到香港，焦慮感還是纏繞著他，不論是去搭小巴還是到髮型屋剪頭髮，他都不敢大聲提出自己的要求。即使是簡單一句「下個站落！」他都沒勇氣喊出來。他不知道腦袋哪裡出錯了，只能努力的接受治療。經過了四年多的時間，他才完全康復過來。

「Am I ME?」筆記本上、電腦上、記憶硬碟上……都貼上了這個問題。康復後，他踏實地過自己想要的生活，跟隨內心的想法，而不再只怕打擾別人。除了學懂聆聽別人，也要懂得聆聽自己。

大學畢業後，他成為一位職業和音歌手，與兒時認識的朋友一起，跟著歌手到世界各地巡迴演唱。二〇一〇年起，他跟陳奕迅的團隊經歷兩年世界巡迴演出，巡演結束後的六年間斷斷續續到英國、廣州及香港等地灌錄專輯。不過，他從沒忘掉喜愛記錄影像這遊戲。

找到落腳處

「漸漸我聞歌都不想起舞

我覺得我失去一切知覺極美好

渾噩哪及記得恐怖
記得種種感覺
但欠你的厮守到老……」

歌還沒唱完他已淚流滿面，他從沒想過自己有機會為尊敬的歌手作曲，更沒想過這些自娛的片段會出現在電影院的熒光幕上。滿場的觀眾也跟著流淚。他把這八年音樂團隊的珍貴快樂回憶都一一攝錄下來，更得到演唱會監製莊少榮先生的賞識被邀請將片段剪輯成音樂紀錄電影。沒想過娛樂自己和好朋友的影像記錄也能娛樂大眾，更能帶著它到上海、北京、台灣等地方，感染更多人。

原來他還是最愛拍攝影像，也因此當上了音樂短片導演。只是，他依然只想娛樂自己。

「那病復原後，我發覺自己多了一個特別的官能。」他說自己就像一隻被自己的蜘蛛網纏住的蜘蛛。病癒後的他對於身邊人的情緒反應非常敏感，就像蜘蛛網般團團將他圍住。對方不必開口，他也能準確感受得到，周遭微小的情緒變化就會牽連到「蜘蛛網」，讓他渾身不自在。當初還未懂得收放這感官時，他非常難受，甚至覺得是一個詛咒。後來，他才發現這也許是一份上天的禮物。

他漸漸學會適時關上這個感官。他不想再失去自己，從事導演這工作，也必須忠於自己的感受才能更準確捕捉到他最想要的畫面，很多作品都是為了挑戰自己娛樂自己而創作。「我喜歡給自己一個難題，就像玩遊戲一樣，做一些大家不會去做的傻事，其實很開心。」

在他的鏡頭下，歌手岑寧兒足不著地飄浮著「走」過日本街頭。短短十六秒的畫面，歌手與導演足足走了五小時，每走一步就要向上跳。這是他給自己的一個難題，以定格動畫製成的音樂短片〈哪裡〉雖然只有四分多鐘，卻花耗兩個多月來製作。

Supper Moment 的〈說再見了吧〉音樂短片是另一個話題之作。在倒鏡播放的長鏡中，四位主角卻以順時鏡的方式出現，形成時空交錯的感覺。直至主角按下照相機，一切一切變回順時序。這個 MV 在 Youtube 推出的首六日觀看次數便已經超過十四萬，大家都紛紛討論 MV 是否「一鏡到底」，成員又如何極速轉裝？為何安排倒鏡與順鏡同時出現？

雖然，每一次拋出難題未必立即找到答案，但至少一定回答到那個自己常想的問題。

「This is me.」

玩，可以是跟自己一個的遊戲，一個找到自己的遊戲。

文●慢靈魂

程日兒・五歲・

夢想做獸醫

怪獸和外星人會聯手侵襲地球，爸爸媽媽帶著我們四處逃走，雖然 Captain America 和蜘蛛俠都老了，不過還是好努力保護我們，守衛地球。

人們於宇宙間以娛樂交換能量。她以音樂説故事，他以笑話來回應。

大家不為生存而工作，而是為娛樂而生活。我們娛樂自己，也娛樂別人。快樂是娛樂後產生的能量。

那是一個不再存在工作的世界。

ME
ME
ME
ME

COURAGE

畫中的說話

林雅儀

story 19

二〇一五年，在柏林時裝週（Berlin Alternative Fashion Week）上，走秀的舞台上一個個掛著冷酷表情的模特兒穿著色彩繽紛、剪裁獨特的時裝慢慢步出。每件衣服上都印著特別的插畫和圖案，七彩顏色傳遞著快樂的訊息。品牌的名字叫「ZL by ZLISM」，品牌主理人是林雅儀（Zoie Lam），她是香港首位登上該時裝週天橋的設計師。從畫畫、設計、找材料、製作以及尋找模特兒走秀，Zoie 都獨個兒處理。看著自己嘔心瀝血的作品終於來到柏林時裝週，即使多累，她都覺得值得，也很滿足。

但回到香港，她又再跌入工作的漩渦。

深夜，她終於完成工作。步進地鐵車箱，疲憊感從頭開始漫延至全身，一坐下不到十秒，卻不由自主地拿出手機開始瀏覽社交網站更新消息。掃過所有消息後，又忍不住去查看一下手機訊息，看看可以找哪個人聊一聊天。很累，但卻停不下來。她不由自主地將所有時間都填滿了工作、家庭和朋友。因為她不知道若一個人靜下來可以做甚麼。

那時候的她每天連二十分鐘靜下來的時間也沒有，工作像一個又一個迎面撲來的浪將她淹沒，甚至連最愉快的創作時間也被吞噬。她無法坐下來專心畫好一幅不為客人只為自己而作的畫，也無法停下來看完一本書的一小節。她很清楚工作上客人需要甚麼，卻不清楚自己需要甚麼。

「沒關係。將心放在工作上就沒事了。放在實在的事情上吧。」她以為生活本就應該這樣。終於，手機沒有再傳來消息。她靜下來了，稍微放鬆但是頭腦依然緊繃。然後，她才發現自己靜下來時，眉頭也總是緊皺著。

「我不是已經把自己的生活都填滿了嗎？我還缺甚麼？」她對自己的不快樂感到疑惑，明明每天過得很充實，工作得到理想的回報，照顧了所有她愛的家人和朋友，心卻還感受不到實在的滿足。

「你想要甚麼？我不是都餵飽你了嗎？」她問她的心。「有被滿足嗎？不知道。」心回應。

看著一幅幅被客人讚賞的作品，從那些畫裡她找不到內在的自己，甚至不知道自己想要的創作是甚麼。

畫在對她說故事

一次偶然，她認識了一個到學校或機構義務教畫的團體。從那時起，不管多忙，逢週末她都抽空到教室義務教畫。在小小的課室裡，十幾個患自閉症的小朋友圍著桌子畫畫。有的畫了很多大圈圈，有的在紙張的一角密密麻麻地畫滿黑點。Zoie 看著這些孩子的畫，看到害羞不敢講話的孩子們都在畫紙上跟她聊天，她在孩子們的畫中看到了另一個世界。

她邀請孩子們畫下對未來天馬行空的想法。一個女孩畫了一張椅子。裡面有個壞掉的時鐘，螺絲飛彈出來，一匹獨角馬被困在破損的椅子黑洞中，無法脫身。

「為甚麼椅子是這個模樣呢？」她問女孩。

「壞了。」

「能修補嗎？」

「不能修補了。」

女孩木無表情的臉令 Zoie 耿耿於懷，課後向工作人員查詢女孩的情況，原來，她快要到加拿大升學，在學校裡也遇到不愉快的經歷。Zoie 決定跟工作人員一起把女孩所畫的椅子做出來，並送給她，她很想讓女孩知道自己的創作是無比珍貴的，自己的想像終有一天可以實現。

這個舉動不但鼓勵了小女孩，也幫了自己。

台灣的書屋

從二〇一〇年開始，Zoie 除了設計時裝，也創作了一系列「Zlism」的插畫。「Zlism」是一個她想像的星球，住著很多 Zlism 星人，每天都有趣事。畫筆下的 Zlism 星人各有個性，精緻的筆觸呈現了每一位星球人的善良。在 Zlism 星球上，花生和其他食品形狀的假想生物一一在她的畫中訴說故事。常常出現的平頭裝胖茄子，就是 Zoie 透過創作跟自己對話，能令大家微笑，也鼓勵自己繼續追逐夢想。

開始義教後，她漸漸減輕工作，決定餵飽錢包前，先用畫去餵飽自己的心。從網上搜尋到台灣義教團體「孩子的書屋」，跟隨創辦人陳爸參與義教工作，得到很多珍貴的體驗。後來，她更主動聯絡台灣的小學提出義務教畫的想法。終於，她來到了台灣上湖楊梅區，學校為她安排在學生家中寄宿，跟隨當地人過著非常樸素的生活，吃自家種植的食物，被美麗的大自然包圍著。

她在小學裡教孩子們畫 Zlism 星球人。這位頂著一頭熒光粉紅色短髮的老師，雙手佈滿五顏六色的紋身，完全改變了學生對老師的想像。不認識她的人總以為她難以接近，但其實她像筆下的胖茄子般親切友善。老師不一定是斯文的打扮，畫畫也不需要標準和規範。

「不要怕錯！大膽畫吧！不用問我好不好看。你覺得好看就可以了！」她笑著說。

最後，Zoie 將學生的創作轉化成學校偌大的壁畫。整整十天，她生活在孩子們的笑聲中和田野簡樸的家中。午後，她坐在家門前，看著眼前一大片農田，甚麼事也沒有做。

離開那天，駐校老師帶著孩子們彈著 Ukulele 送了一首歌給她。從早上到晚上，她只專注完成壁畫，身很累，聽著小孩的歌聲，心終於得到充分的休息。

曾經她的心很累，她不明白為甚麼付出那麼多卻沒有換來相應回報，反而換來批評。曾經她很在意別人的目光，希望自己的才華被看見。因此，過去的她選擇努力工作爭取表現。現在的她想像未來會在台灣開辦一間民宿，遊客可以在民宿中畫畫以換取住宿。未來的世界不是以金錢去交換服務，而是以畫去交換滿足心靈的食糧。

「不要再投石了。」她提醒現在的自己。所有的不快樂都是由自己起，就像湖面不斷被自己投下的石頭打破平靜。當你決定不反擊，就能停止一切。

內心的平靜終於回來了，她也重新在畫裡找回自己，心也終於滿足了。

文●慢靈魂

LOVE

HEY
HI
MO...
MY TREASURE
WHICH WAY...

回想起自己倒下的那刻，當時的心神還停留在過早響起的鬧鐘聲中，才會看不到迎面而來的電單車。他回頭看到旁邊的病床旁放著一本關於天空之城的書，想起那座夢想中的浮城——拉普達，還有那個純真的男孩。小時候他總是像男主角那樣，不理旁人的眼光，懷著自己的信念勇往直前。現在的他真正想做甚麼想去哪裡想吃甚麼，都搞不清楚。

被迫慢下來的日子裡，他像穿過一條陰暗的隧道，然後才遇見心裡那個很久沒探訪的拉普達，在那裡好好跟自己對話。每個人心裡都有一座拉普達，那裡住著一個純真的孩子，以最真實的想法去對抗混沌的成人世界。唯有我們放慢步伐，才會聽得見。

你聽得見自己真正的想法嗎？

↑林雅儀 Zoie Lam → p.202

區若嵐・五歲・

夢想做麥當勞賣薯條

以後想做麥當勞賣薯條，可以不停食薯條，未來會有好多間麥當勞。

story 20

不知死焉知生

陳偉霖

「嫲嫲，你也快死了吧。死了以後要做甚麼？」男孩問年老的祖母。「快死了就要寫遺書，死了就要辦喪禮。」祖母答道。男孩聽了，承諾自己一定要做好這兩件事。因為他也快將死去。那年，他八歲。

那個對死亡毫無忌諱的男孩叫陳偉霖（William Chan）。天生患有罕見的黑色素瘤皮膚癌，出世不久醫生就診斷他活不過三歲。「死」是他從小就要每天面對的事，所以他從不懼怕死亡，就如他身上滿佈的黑色斑點，從來都與他相連，毫不特別。做過大大小小的手術，多次瀕臨死亡，但始終沒有死去，與癌症共存至今三十多年。

成長過程中，他不斷被提醒自己命不久矣。疾病也的確讓他的生活比平常人難熬，家人一直給予他最大的自由，只想他在短暫的生命裡活得自在快樂。

小學下午校上課時間十二點半，他三點才起床。母親沒有責罵，反而先煮午餐給他慢慢吃。他知道沒有明天的自己也無法得到別人對他寄予期望，不用讀書，不用努力扮演乖孩子。年紀小小的他就知道自己可以為所欲為，也因此造就了非常頑皮的性格。

「父母給我的家規就是Do what you like。」他笑說。青春期的他經常隨意打架、跟同學吵鬧、為了貪玩而到文具店偷東西、會考刻意考零分……他就是肆無忌憚做那刻他想做的事，不用想後果，反正沒有明天。

「斑點狗！」中一時，班上的同學都這樣嘲笑他。每年九月一號的開學日總是沒有人敢坐在他旁邊，他也習以為常。對於無理的傷害，他總會毫不留情地還擊。當然欺負他的人也不好受，慢慢也不敢惹他。後來，大家都叫他作「阿豹」，不再是斑點狗。

然而，他也深知自己非常幸運，出生在一個從不遺棄他的家，才能有著強大的心，即使帶著虛弱的身軀，也不會活得懦弱過得卑微。生於這個快樂的家，他才有力量去反擊那些用歧視眼光和言語傷害他的人，從來，他都不是一個容易被欺負的人。長大後，他火爆的性格沒有改變，一直不依隨社會價值觀去過活，當過雙失青年、當過貨車司機、創辦只出版過一期的雜誌，經常作出不可理喻的行為，依然過著我行我素、自我滿足的日子。

那時候的他無法跟別人溝通，他也不想與人溝通。

他一直問自己：「為甚麼我還不死？」

將人生倒轉來活

二〇〇五年，在尾龍骨附近的一個腫瘤異常變大，必須進行切除手術。醫生告訴他這是個非常高難度的手術，要有死亡的準備。對於死亡，他一早已做了心理準備。

只是，死亡再次與他擦身而過。他輕鬆的笑說切除腫瘤後的身體像是蘋果電腦的標誌，背部缺了一大塊肉，嚴重凹陷。花了超過半年時間才能慢慢走路。

「為甚麼我還沒有死？」他又反覆問著。

就像打遊戲機一樣，究竟要完成甚麼任務才能到終點？他很想找到答案。既然從前賴以為生的「Do what you like」生活方式不能讓他到達終點，手術後的他決定將人生倒轉來活，這次要以「Like what you do！」為宗旨。由那時起，他才開始思考自己真正喜歡做甚麼，然後才發現人要喜歡自己做的事很難。有甚麼喜歡的事一直想做還沒完成？有甚麼承諾還沒兌現？

然後，他想起八歲那年對自己的承諾：「我要好好寫遺書，辦喪禮。」

二〇一二年七月二十一日，他生日的那天，在紅磡萬國殯儀館為自己舉辦了一場度身訂造的生前葬，也是香港第一場生前葬。他知道自己必須認識死亡，才是生的開始。為自己辦後事，他才看清楚生命中最重要的人和事，有何心願未了，有甚麼人想再見一面。他說葬禮就像人生的畢業禮，聽到別人對你的評價，就如老師給你的操行評語一樣。

不是只有他才需要有對死亡的覺醒，他也很想讓大家知道華人對死亡的忌諱是不必要的。只要珍惜當下，每天盡力做著自己喜歡的事，即使有天死去，也不會覺得可惜，也不應感到悲傷。「死不足惜」是他為自己放上靈堂正中央牌匾上的大字。

那天，從前的他死了。

天生我才必有用

人們常說人生就像一張白紙，我們可隨意為自己配上色彩。他不同意，他認為人生本就堆疊著重重難看的顏色，生活就是要把混雜在一起的顏色慢慢撥開，尋找混沌底下屬於自己的真正色彩。

辦過生前葬，「死亡」從此緊隨他的生活，不只要去面對，更是要教導別人如何面對。會考零分的他被報館邀請寫專欄、舉辦抗癌搖滾音樂會、壽衣時裝展、走訪超過四百間學校分享死亡講座，甚至當上理工大學社工學系的客席助教。

搖滾音樂會不設入場費，只設離場費，自己決定音樂價值多少；當客席教師不是鼓勵學生當社工，而是質問當社工的意義。他查看「教育」二字的緣由，「教」可解作跟從命令，「育」則有自我複製的意思。但在他的教育下，不想學生過著一式一樣的生活。他繼續努力打破傳統社會規範地過活和思考，跟學生一起主動探索自己想做的，而不是跟從別人想你做的事。

「為何想要做社工？」

「幫人需要考牌嗎？」

「你只是想打一份似是有意義卻真正為了賺錢的工嗎？」

社會總教大家不能一步登天，要按步就班。他卻教大家想做的事就要立刻做，不要浪費時間去等待、不要為自己編織不行動的藉口。任何人都應該和他一樣有明天就可能死去的覺醒。「天生我才必有用。」是他常掛在口邊的話。即使沒有社會定義的成功，也有活著的意義。

「你走路會痛嗎？」

「痛呀。」

「你拿杯會痛嗎？」

「會呀。」

「那就叫別人幫你拿呀！」

「你幫我吧。」

「好呀，我會跟你做朋友的。」

他到訪小學，小孩們雀躍地跟他聊天，認真聽他說關於死亡的事。他們對不熟悉的事好奇，而非恐懼，對遙遠的未來沒有預想太多，只專注於當下的快樂。

「我的眉毛太少。我不想死時都這樣難看。」女生說。

「那我帶你去飄眉！」他親自帶她到美容店去。

那是一位曾經絕望的癌症病人，也是他其中一位服務對象。他成立了慈善機構「死嘢」，英文名字「Say Yeah」，希望大家深入認識死亡後以「Say Yeah」態度面對死亡，幫助瀕死病人、老人家和有自殺念頭的人，以死亡提醒他們活著的意義。除了陪伴診治，他還協助完成他們想做的事。

朋友們原先都不看好，說火爆的他價值觀偏激，不跟從他的意願定必吵翻。的確，從前的他只將自己的價值觀表達給別人，不懂得愛和包容。成立「死嘢」後，他要反過來聽取別人的意願，接受不同的想法。他相信這個世界沒有誰應該被遺棄。

這夜，他又喝得爛醉回家，用僅餘的氣力推開鐵閘，跌進屋內，他先要做的事不是爬上床倒頭睡去，而是拿出本子寫下今天的事，寫下他的遺書。

長大了，他從沒忘掉那個還是小孩的自己。

Winston Chan・七歲・

夢想做蜘蛛俠

想做 Spiderman，打敗所有壞人，不讓他們破壞地球，所以好多好多年後，世界會好和平。

未來、未來、永遠也未來。

他相信未來是一個沒有時間概念、沒有未來的世界。對他來說，沒有過去和未來，只有現在。我們從來可以捉緊和感受的只有當下這一秒。時間會過去、物件會消失、人可以逝去。我們可以收集和擁有的只有當下這一秒自己的感受，而不是任何人或事。

好好感受這一秒然後再轉化成內在的成長，看不見的變化和收穫，卻是最實在。

「想像」不是未來，而是自己對當下的要求。

創作者 CREATORS

字恒

時候父母告訴我名字的意思是
作宇宙永恒，長大後才發現根
沒有甚麼是永恒的，連宇宙也
例外。
wongyuehang2047

andy Chan p.23

業於奧克蘭大學美術學院，作
以繪畫創作為主，以探索自身
象與人的關係為題材，透過描
幻想與生活來闡述一個個關於
全感的故事。
chanwaimandy

okyu p.31

許一切始自一次小學面試，一
老師無意的稱讚：「妳個囡好乖
，靜靜地坐響度畫畫」，自此就
上不歸路。二〇一七年畢業於
ondon College of Communication,
A (Hons) Illustration and Visual
edia。喜歡畫畫，經常畫畫，
爾也會畫故事。
lokyu_judith

李凱儀／慢靈魂

Storyteller 創辦人，有著一個慢靈魂的 Fulltime Dreamer，相信說故事和想像的力量。世界上最珍貴的東西不需要花費金錢，但需要時間。努力以畫畫和寫作尋回慢靈魂，但仍需努力。
@a_slow_soul

陳竤而

記者、編輯、編劇。Storyteller 總編輯、身心創意研究室 Weak Chickens 創辦人，相信創作能轉化痛苦。
@weak_chickens

陳琴詩

記者、母親、平凡香港人。只願此時此刻，一粒一粒的文字能為這城添加力量。香港人加油！
ckamsze@gmail.com

趙曉彤

畢業於中大中文系。經常寫作。已出版書籍《織》及《步》。
@chiohiotong

Justin Tsui *p.93*

土生土長香港女子，大學曾於加州修讀藝術設計，現居於英國布里斯托。日間為全職媽媽，晚上努力成就插畫家之夢。人像作品以多元顏色來表達人物內在的氣息（aura）。

@_justintsui.art_

The Odd Little World *p.102*

香港生，居柏林，由平面設計轉型畫插畫，現以圖畫為別人說故事。搬到柏林創作了 Oddman 一角，生活的點滴及喜怒哀樂都交由他向世界展示。

@theoddlittleworld

Empty Pot 空盆子 *p.110*

二〇一八年畢業於香港浸會大學視覺藝術院，現為香港插畫家。透過作品探討情緒及潛意識的關係。望以繪畫代替一場對話，將人們心裡掏空的盆子填滿，找尋平靜。

@emptypotandstuff

Caxton *p.65*

出爾反爾，同時敢愛敢恨。試著學習自己討厭的事，學習過後可能更愛又或更恨。你會喜歡我，只可能你也跟我一樣。

@caxtoncax

Dani *p.70*

網頁設計師及插畫師。喜歡理性思考如何創作好的介面，同時享受感性作畫，尤其以生活細節或電影和音樂帶來的感覺為題材。終日流連在工作室裡，靜靜地感受著自己的存在。

@ddd.an.i

PatPatKate *p.82*

生於香港，從小喜愛閱讀故事及圖畫書，熱愛畫畫，對身邊充滿童趣及奇怪的人事物會暗暗高度留意。有很多想法卻又不擅表達，所以透過畫畫抒發情緒並從中傳播訊息，望感染別人。

@patpat_kate

Midori *p.*

喜歡貓狗和喜歡畫畫，沒甚麼野心，只希望能夠用畫的形式記下更多日常生活中的小時刻

@midori.illustration

Matthew *p.*

喜歡以圖畫說故事。近來發現除了天馬行空的構想，從看似味的事物中找出趣味的作品亦迷人。插畫，是一種翻譯世界方式。現在最想探索自己將如轉化生活所見，並創作能夠感人的圖像和故事。

@matthewkam

Isaac Spellman *p.*

二〇一九年畢業於香港浸會大視覺藝術院。現在是名插畫師視覺設計師，專長數碼插畫，現代流行文化及藝術歷史深深響，從作品中呈現出獨特美學復古與流行互相交差，交織出的插畫風格。

@isaac.spellman

萊 *p.179*

理工大學傳意設計系畢業，喜
畫畫。一直以它作為媒介，嘗
向自己提出不同的問題或給予
案，但似乎每次都因自我糾結
告終。於是像老師說的：「畫
吧，畫畫吧，畫下去。」
siuloy_

雅儀 Zoie Lam *p.186*

裝設計師、插畫師、造型師，
是服裝品牌 ZL by Zlism 的主
人。於二〇一〇年開始創作
Zlism」插畫系列備受注目。創
範圍包括塑膠彩油畫，多媒體
成畫作，最喜歡以繪畫壁畫去
達「Zlism」意念。
zlism

志豪 Keo Chau *p.199*

港藝術家，以水彩繪畫人物為
，創作靈感來自每看完一套電
後的一些「空白感」，嘗試以
畫去填補這空白的遺憾。曾與
港環球唱片合作為達明一派繪
新專輯宣傳片《達明一代》。
keochow

Sickcarl *p.149*

理大傳意設計系畢業。四歲開始畫畫，長大後畫的東西愈來愈奇怪，但是愈奇怪卻愈令我滿足。手隨心動，畫畫時十分需要合適的情緒，放鬆狀態為最佳。

@sickcarl

Moses IU Heilun *p.158*

「人生」只是一個人自出胎到歸土，一直被時間拉扯向前的過程統稱。然後身處其中，我們卻往往只可回眸，不可前膽。我無法預視未來，於是我把回眸所見的苦與樂都寫在畫布上；冀為每個寂寞自卑的靈魂添上微薄暖意。

@heiluniu

Sheung 黃裳 *p.169*

二〇一一年廣州美術學院油畫學士，二〇一四年版畫碩士。先天失聰，四歲執筆畫畫至今，畫畫的吸引之處是能讓你想像中的美麗去感動別人。現為自由插畫師，除了為出版社的兒童繪本擔任插畫外，閒時還畫油畫和個人作品，希望往畫家方向發展。

@sheungillustration

Stay Away From Black Hole *p.121*

由 L.W.L 所繪畫的插畫，每個人的心裡都有一個黑洞，你會想逃離，還是選擇面對自己最黑暗的部份？黑暗與光共生的，組成我們的生活。希望你在畫中能找到心中的共鳴，讓這裡成為暫時容納你的黑洞。

@stayawayfromblackhole

Andrew Yeung *p.129*

一位喜歡運用色彩、圖案而繪畫的插畫家，繪畫 fashion、music 為主，畢業於美國薩凡納藝術大學，主修插畫系，以鮮艷的配色與隨性的 patterning 成為獨特風格，曾於香港、東京、大阪、台灣等地舉辦個展。

@Andrewyeung_official

Joanne Wu *p.136*

更喜歡使用平淡純淨的顏色來賦予畫作特殊的混合手法，明快的風格避免給觀眾帶來痛苦的感覺。沉重，但仍然帶著深刻的回味傳遞著深思熟慮的信息。

@joannewjojo

鳴謝

非常感謝那些為 Storyteller 真心付出過的創作人，特別是此書二十五位寫作人和插畫師，在緊拙的時間下幫忙完成此企劃。還有插畫師小萊、Sheung 和 Kate，超級強大的編輯 Chely 和設計師 Vincent，沒有他們參與，此書沒可能完成。因為大家對創作純粹的熱情，Storyteller 才能有如今屬於自己的故事。

Storyteller

一個連結創作人的說故事平台，一個創意工作室，一間畫廊，也是一種精神。

二〇一七年由創作人慢靈魂成立，連結不同創作人以圖畫說故事，以故事看世界，啟發更多想像。除了建構網上平台讓世界各地的創作人作品透過故事連結大眾，也積極協助創作人發掘更多商業合作機會。曾與知名品牌、慈善機構及文化團體合作，包括：西九文化區、香港話劇團、k11、環球音樂、Dior 等。二〇一八年首為創作人策展，如本地環保時裝創作單位「Fashion Clinic」以及波蘭插畫師 Mateusz Kolek 等。讓創作單位為不同人說故事。

二〇一九年開設實體故事館，藏於中環一個小小唐樓裡，在此空間訴說故事和展示創作人的作品。希望未來能帶動大眾不只讓故事停留網上，一閃即逝，而是將故事帶回家收藏。從網上到網下，一起透過故事想像更多。

你的未來想像是甚麼？

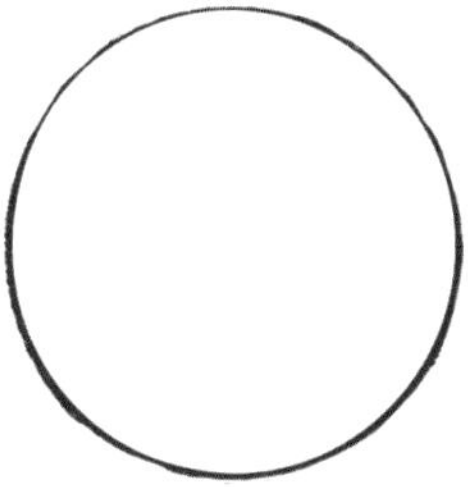

大象在球上走

策劃〇編著

Storyteller

責任編輯 莊櫻妮
書籍設計 姚國豪
插畫 Sheung｜PatPatKate｜小萊｜慢靈魂｜

出版 P. PLUS LIMITED
香港北角英皇道四九九號北角工業大廈二十樓
20/F., North Point Industrial Building,
499 King's Road, North Point, Hong Kong

香港發行 香港聯合書刊物流有限公司
香港新界大埔汀麗路三十六號三字樓

印刷 美雅印刷製本有限公司
香港九龍觀塘榮業街六號四樓A室

版次 二〇一九年七月香港第一版第一次印刷

規格 大三十二開（143mm × 202mm）二〇八面

國際書號 ISBN 978-962-04-4521-7